夏目漱石时代的珠玉名篇

梦

[日] 真山青果 著
黄笑天 译

清华大学出版社
北京

版权所有，侵权必究。举报：010-62782989，beiqinquan@tup.tsinghua.edu.cn。

图书在版编目（CIP）数据

梦 /（日）真山青果著；黄笑天译. —北京：清华大学出版社，2021.10
（夏目漱石时代的珠玉名篇）
ISBN 978-7-302-54016-8

Ⅰ. ①梦… Ⅱ. ①真… ②黄… Ⅲ. ①散文集—日本—现代 Ⅳ. ①I313.65

中国版本图书馆CIP数据核字(2019)第237148号

责任编辑：纪海虹
装帧设计：万墨轩图书·夏玮玮
责任校对：王荣静
责任印制：杨 艳

出版发行：清华大学出版社
    网　　址：http://www.tup.com.cn，http://www.wqbook.com
    地　　址：北京清华大学学研大厦A座　　邮　编：100084
    社 总 机：010-62770175　　邮　购：010-62786544
    投稿与读者服务：010-62776969，c-service@tup.tsinghua.edu.cn
    质量反馈：010-62772015，zhiliang@tup.tsinghua.edu.cn
印 装 者：小森印刷（北京）有限公司
经　　销：全国新华书店
开　　本：128mm×185mm　　印　张：5.75　　字　数：83千字
版　　次：2021年10月 第1版　　印　次：2021年10月 第1次印刷
定　　价：68.00元

产品编号：076625-01

夏目漱石时代的珠玉名篇

目录

0	6月23日	82	火灾
14	小阳春	88	光
18	海	90	成药
22	霜晨	100	棺材
28	雕	104	收容院
32	汤原日记	116	分别
40	温泉之夜	118	卫星论
44	雪前	124	女人
48	幼儿园	128	那古日记
58	时隔三年	138	三等车
62	车上	156	枕边
70	印花		
74	秋雨		
78	未知之物		

6月23日

那是在相模沿岸的一个海村。在同一家旅店逗留了近六十天，高见对旅店生活已经腻烦透了。首先最受不了的就是那里的食物，尤其是竹荚鱼，简直让人彻底服了。不是盐烧就是醋烤，三顿饭里起码两顿都有竹荚鱼摆上桌。

这是个近年面向肺病患者开放的村子，里面有某知名医学学士经营的医院。高见每天都从旅店到医院去看望住院的前辈 K 氏[①]。上午下午，一天两次，他穿着旅店的草拖鞋，往返于晒得滚烫的沙土地上。

6 月中旬左右，前辈的爱徒宗二从神户赶了过来。

[①] 国木田独步（1871年8月30日—1908年6月23日）：诗人、小说家。日本自然主义文学的先驱作家。著有《武藏野》《牛肉和马铃薯》等。

两三天后，宗二的妻子收到他的信后大吃一惊，也抱着婴儿赶来探病了。四岁的大女儿留在了神户，交给女仆和寄宿学生①照顾。

前辈发病两年来从未出现过的咯血症状，这个月的四日以来，接连发作了三四次。

宗二夫妇也跟高见住在同一家旅店里。K氏的家人在医院附近租了一个小别墅，在那里安顿了下来。房子被松林环绕，房顶铺的是木屑，房内只有六叠②、八叠的两个房间加一个三叠的玄关，非常小，然而院子却相当大，里面还有秋千、单杠等运动器械。

咯血一停，患者的食欲又变强了。一天不但要吃用十二个蛋黄、三合③牛奶做成的冰淇淋，还要喝肉汤、吃水果。一日三餐的粥也没有不动筷子的时候。宗二拜托旅店做些清淡的饭菜，装在饭盒里拿过去。他还给了烧洗澡水的老大爷一张纸币，让他出去买河鱼，

---

① 在同乡、前辈或有势力的人的家庭边看门边学习的青年。
② 叠：相当于张，计算榻榻米数量，表示房间大小的量词。一叠相当于约1.62平方米。
③ 合：日本容积单位，1升的1/10，约0.18公升。

没想到这老大爷跑到三里外的××町留宿一晚，买了近三元的鲇鱼和泥鳅，喝得醉醺醺地回来了。河鱼装满了两大盆，黑漆漆的鱼背把盆底遮了个结实。宗二逞威风说不要紧，我跟大哥两个人肯定能把这些都吃光。高见很讨厌河鱼的土腥气。

高见和宗二之间总是发生些孩子气的争执。宗二声称竹荚鱼一天三顿不换样地吃也能吃得下，盐烧的尤其好吃。他一般都会再添一份。

而高见则说连看都不想看到。旅店的人也没了办法，后来就给两个人分别准备不同的饭菜了。虽然如此，两个人却偏偏还非要坐在同一桌吃饭。

他们俩还比酒量，还在去医院的路上，绕着海滨和松原赛跑。病床上的K氏尤其喜欢听他们两个吵吵闹闹的。

6月23日。这一天雨下得很厉害，临近中午，雨势越来越大。

前一天晚上，在这地方也有间别墅的友人田岛君来旅店找他们俩，说明天给你们看个稀罕东西。

我雇了一个徒手潜水捉鲤鱼的高手，也找了合适的地方。那人非常厉害，藏在洞里的鲤鱼有三条是三条，一条也不会放跑。据说他趴在水里倾听，耳朵能感觉到鲤鱼摆动尾鳍的水波颤动。

喜欢钓鱼的宗二听了这些简直高兴得要蹦起来。本来在这之前宗二就拿着病人的钓鱼竿到附近的小河边去了两三次了，可是连一条小鲫鱼都没钓到过。

宗二把浴衣的下摆卷到腰间，在外头披了一件防水布大衣。高见把旅店主人做海员时穿过的贴胶外套借来穿着。两个人都光着脚穿草鞋走在倾盆大雨里。

他们到医院的时候是十点左右，病人正迷迷糊糊地睡着。因为他下巴太重呼吸不畅，所以夫人在一旁轻轻地帮熟睡的丈夫扶着下巴。

"哎呀，你们这是什么打扮啊。怎么回事？"夫人讶异地笑了。

两人站在走廊里，正跟护士借了毛巾擦拭脚底的沙子。

"您等着瞧吧，今天我们要去徒手抓鲤鱼。"宗二声音很高。

病人一下子睁开了眼，看了两人一眼，又昏昏沉沉睡着了。

"从昨天开始就一直像这样睡得迷迷糊糊的。会不会情况不太好啊。"夫人小声说。

"肯定不要紧的。一定是这四五天没睡好累着了。"

高见先是看着体温计说道。脉搏快得可怕，跟体温完全不成正比。

宗二跟夫人夸张地说着今天抓鲤鱼的事。一副自己也要抓他个五六条的架势。

"鲤鱼要是正好在睡午觉就好了。"坐在床边缝东西的阿民在一旁笑了起来。

"尽说傻话。随你怎么说，到时候可别吓一跳啊。"

"谁让你讲得那么夸张。"夫人也笑着说。

一直闭着眼的病人"扑哧"笑了一声。喉结咕噜动了一下。

"哎呀你醒着啊，来喝点水吧。"夫人用茶壶嘴喂他喝了点水。

前辈K氏看着天花板，无声地面带笑容。

雨越下越大。飞溅的雨点模糊了窗外的景色，什么也看不见。病房里漆黑一片。一种难以形容的腥味扑进鼻腔。这是肺痨患者特有的气味。

这时护士拿来了邮件。共有三四张明信片，此外还有某大学发来的募集基金的催促信。东京的报纸也到了。

"一会儿看。"病人只看了看名字就把信丢在了一边。这个时候,高见发觉病人的眼睑黑得不同往常。

病人也很喜欢钓鱼。为了帮他振作精神,两人就钓鱼的话题聊了差不多一个小时,但病人什么也没有回答,一直闭着眼昏昏欲睡。

两人又穿戴好装束,准备冒雨出发的时候,病人睁开了眼。他让夫人喂些水润了润喉咙后,低声招呼了一声"喂"。声音嘶哑,几乎听不清楚。

两人凑到床前。

"这种天气,反而……更能抓到鲤鱼的喔。"病人这样说道,鲜红的嘴唇微微一笑。牙齿小而整齐,很美。

他们走出了医院。

到了田岛的别墅,却得知他今天一早到小田原去买小鸟了,还没回来。他们昨晚就谈过这个事,说是想要弄一只叫声欢快的鸟来,摆在K氏床头来给他安慰。

看别墅的老大爷还说:"难为二位特地赶过来,不过看这雨,今天捕鱼肯定是去不成了。毕竟雨下这么大,水肯定很冷,渔夫也没法在水下潜很久。"宗二虽不甘心，一个人非说要去，但终归也没什么办法。

两人一直等到下午两点左右，田岛还是没从小田原回来。

下午雨下得依然很大。因为海边打不到鱼，也没有什么可带去医院的饭菜，所以两人决定今天偷懒一天不去医院，大白天就开始喝起酒来。他们一边又为食物的事争执不下，一边喝得醉意颇浓。

"怎么样，要不下盘棋吧？"宗二忽然提议。高见问了一下他水平大概如何，好像彼此差距并不很大。

于是开始下棋。两人边互相嘲讽边下了四五盘，胜负基本上五五开。然而宗二咬定了非说自己比高见强两目。

"那咱们下互先①来打个赌吧。就赌今晚的啤酒好了。一局一瓶怎么样？"高见也不甘示弱。

"好啊，你这酒我喝定了。不用多，半打就够了。"

---

① 围棋术语，指棋力相近的两个人互不授子，在同等条件下对局。一般先猜子决定先手后手，多盘对局时轮流执黑先攻，单独一局时黑方让六目半。

两人又重新下了起来。因为昨天就开始下雨，宗二的妻子带的尿布用完了没法晾，所以忙忙活活地从偏房借了暖炉来烘干。

他们去泡澡的时候也忘我地聊着围棋。出来之后又把棋盘搬到拉门边继续下。

一直到屋内点起了灯，桌上摆好了晚饭，他们前前后后下了有七八盘。晚饭时，名叫阿竹的女佣领班走了进来，说着"好啦好啦好啦"把棋盘抢了下来，这才算停下。

结果是宗二请三瓶啤酒。

"说到底你的棋太乱来了。那样下实在不像话，我这都是没好意思赢你。"宗二还在不服输。

"随你怎么说，反正你这酒我是不客气了。"高见得意扬扬地给自己斟满，咕咚咕咚地喝着。

"高见君属于是用嘴下棋。"

"你嘴里明明也没闲着啊。我在一旁听着都捏把冷汗呢。"年轻美丽的妻子坐在饭桌边笑着说。

"这样吧，这回我也认真下，咱们一盘棋赌一打啤酒怎么样。"

"今晚喝不了那么多，这三瓶足够了。"

"明天喝也行啊。"

"反正肯定是我赢,那多过意不去啊。"

"怎样都好啦。"

两人马马虎虎喝完了酒,又坐到了棋盘前。妻子去隔壁房间哄孩子入睡了。高见喝着汽水醒酒,嘲弄着对方拿起了白子。

这次比之前下得要仔细得多,时间花得相当久。正当形势不相上下,两个人你死我活地争夺一目之差的时候,旅店老板娘脸色煞白地跑了进来。

"高见先生,医院那边来人找您!"

两人扔下棋子站了起来,瞠目结舌面面相觑。"怎么啦?"蚊帐中传出了妻子的惊呼声。

高见一边系着腰带,一边连草拖鞋都来不及穿,飞奔到了旅店的玄关。一个看起来像是勤杂工的老大爷提着写有××医院的手提灯笼站在角落里。

"病人怎么样啦?怎么样啦?"高见声都变了。

"他又吐血了,所以我立马就过来找您了。"

"严重吗?"

"这个,我也不大清楚啊。我只是个带话的。"

"是夫人那么跟你说的吧?"

"是啊。"

高见返回原来的房间一看，宗二正瑟瑟发抖地换衣服。他妻子从后面帮他披上和服外褂，也是声音颤抖地问道："我该怎么办？"

"你从后赶来啊，这还用说！"宗二强装镇定地训斥道。

两盏旅店的手提灯笼已经点好备在玄关。信仰法华宗的老板娘一边拿来新的草拖鞋在门口摆好，一边对提着灯笼等在前面的高见说道："我就感觉怪怪的嘛。前几天买来的鲇鱼今天一下雨全死光了。不过也是我忘了把它们收回来了。"

"宗二，宗二！"高见在玄关焦急地大声喊道。连店里的女用人、烧水工们都陆陆续续聚拢到了玄关来。

两人把衣摆塞到腰间跑了出去。

雨虽然停了，但外面已漆黑一片。草鞋啪嗒啪嗒地踩在硬邦邦的沙地里。

在进入松林的拐角处，灯笼噗地灭了。又没有准备火柴，两人只顾胡乱往前赶。小松林只有两丁①远，

---

① 200多米。

穿过去应该就到原野上了。在伸手不见五指的林子里，他们摸索着跑了好一阵。然而一点儿也没见四周变得开阔。

"走错路了。不可能这么远。"宗二停了下来。

"就算错了也总能从哪儿穿出去的，赶紧吧。"

又跑了一会儿。海浪声忽然近了，海潮的气味飘荡在潮湿的夜晚空气中。

"没错儿就是这条路。"宗二来了精神，跑了起来。

他们再次钻进了松林里，穿过去就是去医院的道路。跑到总是晒着小沙丁鱼片的拐角处时，有两三条狗在路边吠了起来。

"咱们安静点儿过去吧。反正就算跑也没什么用啊。"从后面赶上来的宗二呼哧呼哧喘着粗气说。

从医院大门进去，距离第三病房还相当远。这里也要穿过松林。水滴点点滴滴地落在没戴帽子的头上。

医院里一片寂静。除了看护房间的窗户里依稀可见灯影，所有病房的窗户都没有露出灯光。巨大的建筑物在暗夜里漆黑而沉重地静默着。

打开三号房入口的大门，笔直的长廊一眼就能看到尽头。最前面的房间门半开着，里面的灯光微微映射在对面的墙上。那是K氏的房间。

走廊里一个人也没有。两侧成排的房间里,传来病人们粗重嘶哑的鼻息,响得刺耳。

两人不想惊扰到其他患者,尽可能压低脚步声走向前去。

小阳春

初冬小阳春的一个温暖午后，我像是被什么怂恿着，漫步出了家门。当然，也没有什么想去的地方，只是莫名觉得想念人群的气息——谁都会有这样的日子。

我在日本银行的大楼前下了电车。本想绕到大街上，去丸善①的阅览室渔猎一番，转念又觉得有些腻烦，于是就顺着护城河边，晃晃悠悠朝镰仓河岸方向溜达了过去。

这样的晴朗天气在 11 月下旬实属难得，按历数来说简直像是 4 月时令。肆虐多日的大风今天也销声匿迹，饱含着过午光线的羽状云看起来暖洋洋的，闲适地在长空之中游动。不知是不是由于心理作用，路旁

---

① 丸善创立于明治时期，最初主要经营外文书和医药品，后来发展为百货店，兼卖书籍。经常出现在日本近代文学作品中。

松树与河水的颜色也都柔和地映入眼中,青翠可人。天气如此之好,仿佛折一段枯枝插在土里,都会就地生出根来。

每当我路过这片河岸,都会有同一种感觉。从充斥着电灯、煤气、促销乐队、电车警铃的大街上穿出来,走进这背街小巷,我每次都会觉得松一口气,不由得放慢脚步。这里有见证了多少年兴衰的石墙,有在水上放浪一生的小舟,还有被排除繁华人生之外的卸货劳动者的面容。在筑巢时节的傍晚,还能看到纯白的水鸟破风而进,唰地笔直掠过水面。

河畔一带的单面街正迎着河风,也没有什么遮蔽,屋顶、房檐、凸窗上一片沙土堆得老高。偶尔可见喷漆的大幅烟草广告,也是色彩褪尽、锈迹斑斑,为这片街道平添了几分荒凉破败之感。而且,街上的店铺经营的大都是些既占地方又不起眼的货物,不会想着装点门面,店面宽敞,愈显出里面的颓色,真是空空落落,昏暗萧条,连店里人看起来都是一副厌倦活动的神色。

啊,大街和小巷!我感到此间包含有某种深长的人生意义,就势将"伟人身侧有闲人"这类古人的谚语回味了一番。

海

看海之感，自最年幼时以来，一直萦绕我心，片刻不曾消退。

那到底是海，抑或是幻影，我无从知晓。然而，在许久以后，直至三十年后的今日，我仍知心中看海之感，最初萌生于彼时。

那似乎是一条绿叶繁茂，阴暗狭窄的山路。有人执我之手，行走其间。执我手者是一年轻女子。

她肩披黑缎衬领，身穿泛黄和服，两鬓乌黑润泽，红珊瑚珠银簪斜插发间。细想之下，可能还罩了一件与和服纹样相同的外褂。

或许时值栗子花开时节，我仍记得那强烈香甜的气味渗入胸间。其余还有二三女子同行，其中一人应该正是我的母亲。

"真好啊，红的都红了。"女子停下脚步，如窥视般打量着我年幼的脸,微微笑道。肤色白净,面有雀斑。

路到尽头,眼界豁然开朗。走出阴暗,进入一片光明。

啊,海!当时我的心立即为看到海而雀跃不已。不过,今日想来,那时与其说看到的是海,不如说看到的是光,或许更为恰当。

我们站在赤色岩石的悬崖之上。眼前一望无际,仿佛黑色的鱼鳞在沙啦沙啦地浮动——如果那鱼是黄金铸成的话——直射眼球的,是水面闪耀的阳光。也不知是朝阳还是夕阳,只记得光芒非常刺眼。那时候的光,至今仍清晰残留于眼底。

我想那时也许是我第一次感受到,世间存在宏大之物。

牵手女子的面容我甚为熟悉。然而却难以言表。说不出跟谁类似,与谁相像。只能说很熟悉,除此以外如何形容都觉不妥。

只是,据我猜测,或许她是我母亲已过世的妹妹吧?并没什么根据,不过我总是会这样觉得。据母亲说,那位年轻的姨妈被许配给一个不曾谋面之人,而那人不幸死于水难,她因此悲伤慨叹,其后三年左右埋头织布闭门不出，直到一个早上，端坐于床铺之上悄然仙逝。她去世是我三岁那年。姨母当时只有十九岁，正逢厄运年。如此说来，我看海的那一天，如果不是幻觉的话，应该比那还要早吧。

我只是这样想。如果那确实是记忆，就是我最早的记忆了。

我看到大海立刻指着说那是海，则是我十三岁那年。

霜晨

一大早我就醒了。不知什么时候枕头一侧的防雨门已经四敞大开,早上鲜明的光线白晃晃地在隔扇上摇曳。今年十六岁的弟弟阿栋一边吹着口哨,一边胡乱挥舞着扫帚打扫院子,看起来很冷的样子。这是他每天早上的工作,我当初在家时也始终在干这个活。今早的霜看起来尤其重,屋后的草丛里候鸟在叽叽叽地高声叫着。

"阿栋,现在几点了?"我抬起头来,早上冻透了的空气唰地打在我睡得发热的脸上。

"刚刚敲过6点。"

"那还能再睡一小时吧。"

"嗯,放心吧。"

我又钻进了被子里。其实我一点儿都不困,夜里还醒了好几次,甚是烦恼。话虽如此,但又懒得起床。

所以干脆就想这样一动不动。或许是因为被子没晾干,微微有些潮湿沉闷的发霉气味渗入鼻腔。这是不由得让人精神萎靡的柔和气味,是老房子里必不可少的令人怀念的气味。

这是八叠①的别室,因为是老式建筑,房顶虽矮,屋内却相当亮堂。土墙和顶棚都已经被煤烟熏得厉害,磨杉的壁龛立柱已经黑得发亮,然而又有种祥和平静的感觉,令人心情舒畅。正因为是自己家,所以并不觉得阴暗。头朝东舒展身体躺在里面,泛青的榻榻米也让人无比欣喜。床头屏风的铁钉装饰片上铸着三只雁家徽,屏风上画的是我仍有印象的藤女与寒念佛,画的一角有处涂鸦,则是我幼年时的妙笔了。我还记得这个恶作剧被发现的时候,我被父亲狠狠地训斥了一顿。

烟灰缸近旁,缝好的棉衣跟和服外褂叠好摞在一起。衣料是深蓝色的青梅②条纹布。昨晚母亲好像就在缝衣领,这大概是她熬到半夜缝好的。

---

① 八张榻榻米大小。
② 青梅市。位于日本东京都西北部。有纺织工业。

"哥。"弟弟拖着扫帚来到檐廊①边，略显拘谨地招呼道，"哥你爱吃黑枣对不。"

"嗯，爱吃啊。今年收成好吗？"

"嗯，是结了很多，就是闹百舌鸟，给祸害了不少。"

"也难怪，今年下霜比较早嘛。不过既然招来那么多鸟，肯定是熟得很好了。"

"我去拿点儿来？"

"过会儿再说。回头慢慢吃。"

"嗯呐。"阿栋又开始唰啦唰啦地打扫了。

到刚才为止我都没留意，然而侧耳倾听，可以微微听到卖秋野菜的吆喝声。——好像是在隔了二三百米的大街那边。

"秋野菜——卖茎菜了啊。"

"秋野菜了啊。"

小贩的声音拖得很长，细细摇曳在尚未彻底醒来的街市里。那声音细而通透。深秋10月到第二年春天，市郊的，尤其是原村②那边，每天都有农夫的女儿们

---

① 缘侧：日本式住宅中，作为走廊或进出口，在房间外周铺设狭长木板的部分。有装窗户与外界隔开的，也有露天式的。
② 原村：位于日本长野县中部，北邻茅野市。八岳西麓的农业村，以高原蔬菜及花卉栽培业为主。

成群结队出来，都是一样的打扮，身穿藏青色汗衫，头戴红绳草帽，系着绑腿，戴着手背套①，凭着一副好嗓子，来卖些大萝卜、秋野菜。在比平时霜重的早上，远远地听到这悠悠的叫卖声，感怀尤其深。这声音比起用耳朵听，更像是深深沁入心底。街上的人听到这声音，方才意识到漫长而艰难的冬天已经近在眼前，事到如今才惊慌不已。连孩子也不能天真地置身事外，尤其是女孩子们，这时就要开始忙着堆木柴、修地窖、腌咸菜之类，着手过冬的准备了。

时隔许久又听到这令人怀念、依然如昔的声音，我没来由地觉得胸口发紧。我闭着眼睛一动不动地听了一会儿，最后翻个身转向了另一侧。

"秋野菜——卖茎菜了啊。"叫卖声不知不觉间越来越近。房檐近旁的乌鸦吵闹地振翅飞走，与此同时屋后的候鸟们也一气儿停止了鸣叫。大概是野狗开始拖着步子在霜地里觅食了吧。

---

① 在行商、旅行、户外劳动时，为防止外伤、寒气、日晒而戴在手上的布制防护套。

雕

11月,抑或是10月末。

日暮。

阳光明晃晃地照射着白色的胡桃树干。树干极粗,一个人都抱不过来。

我坐在泛黑发潮的桐树树墩上。也可能是蹲着。那时的我还是个四岁左右的小孩子。

田里的土是黑色的。田地角落里烧稗子的烟幽幽地向上升腾,中途嗖地的断开,在天空中渐次变浓。

拿着梯子站着的男人的脸。古铜色的皮肤,须发浓密,嘴巴很大。身穿一种叫作"玛塔夏莱"的类似和服裙裤的衣物,那是从最上町[①]来这里打工的男女

[①] 位于日本山形县东北部,秋田、宫城两县交界处,小国川上游。有农业,以濑见、赤仓温泉和滑雪场而闻名。

们常见的装束。他的名字叫已之吉。

晒得发紫的女人的肥胖面颊,好像在冲人大喊着些什么。

有个人手拿二连发火枪伫立在我旁边。身形肥胖健硕,穿着短短的夹衣①,打着赤足。那双脚皮肤白润,跟他的骨架很不相称。

"雕,雕!"

有人喊道。

我抬头向上看去。只觉得高高的栗子树梢之上,有黑色的东西在动。

我发现竹林的一片绿色里有些个红色的果实,也不知是紫金牛还是什么。

---

① 夹和服:有里子的和服的总称。

汤原日记

9月17日

早上8点起床。10点左右用餐。旅店里好像有什么忙乱的事。本想马上开始工作,然而泡温泉泡得乏了,心中甚是懈怠。取出加拿大棋盘①试着玩了玩。我果然还是不行。也许我真的是秋声②所谓的石灰质体质吧。

旅店主人前来问候。他每天都会到所有客房转一圈。我问了他一些关于独步③的事。他说独步一喝多晚上就容易睡糊涂,有一次还深夜误闯入隔壁房间里。

---

① Crokinole,一种桌上游戏。
② 德田秋声:日本小说家,早期属于砚友社作家(1871-1943),后转向自然主义,创作了《新家庭》《霉》《烂》等中长篇小说。
③ 国木田独步(1871-1908):本名国木田哲夫,日本小说家、诗人。通常被认为属于自然主义文学运动,然而作品中也不乏浪漫主义色彩。著有《武藏野》《马铃薯与土豆》等。1908年死于肺结核。

午饭后,店主的儿子来了。看起来很朴实,不太像生意人。我听他讲了讲附近古迹的逸事。

起草了小说《死相》,立即寄出。

出门去邮局,顺便叫上秋声氏和竹内君一同散步。

参拜熊野神社。从门川走来,在镇子入口处,眺望小丘上葱郁的榉树楠树。神社内有一碑,上面写着三崎剧团[①]女演员六七名共同敬奉修缮费云云。不无异样之感。

从神殿背后下去,出至一溪流。此乃豆相[②]之边界。沿乱石奇岩之小径前进,有一飞瀑,高丈余,不知其名。悬崖苔色深重,开满雪球荚蒾。浓郁似绣球花,颇有野趣。秋声氏踞于石上,沉浸于冥想。

举杖击石。有一物骤然飞起,颜色如绿松石,据说是一种蜥蜴。我故乡的蜥蜴全都是茶褐色,风土差异如此,深感稀奇。

绕山而行,沿途路过一橘子田边,出至村子上沿。

---

① 明治时期存在一部分由女性表演的歌舞伎,东京神田三崎町的三崎剧场是主要上演地之一。
② 地名。曾建有人力车铁道。

又渡藤木川，看山上墓地。独步所写"山上有墓"或应就是此处。地里埋着啤酒瓶、汽水瓶充当花瓶。废物利用至此，也是有趣。

此镇似乎最初位于山上，因为越往上走，房子越旧。大概是后来不断向下扩张，越过溪谷，方有了如今的镇子。

购入一木制香烟盒。

晚饭，小酌。

与武内君对局加拿大棋。无趣。躺卧聊天，亦无趣。叫来按摩师，一边按摩，一边入睡。

按摩师名叫阿春。奥州伊达人。他问我家乡在哪，说时隔十余年得以听到乡音，很是高兴。此人物似可写入小说。

9月18日

早上起来泡了一次温泉。听说喝温泉水对整顿肠道有效果，于是决定从今早开始每天喝一杯。由于含有碳酸，入口轻柔，很不错。温度也刚刚好。

正前面有台球场。每天噼噼啪啪声不绝于耳。秋声氏提议说因为在东京没法练习，想要在这里练一下，我欣然同意，两人一起到店前站着看了看，然而客人太多，毫无心思进去，站了片刻便走了过去。我们在镇门外松树附近的水果店买了十个甜柿子回去。花了十五钱。

途中秋声氏想要买烟草盒，于是绕到了木工店。因为没看到合意的，秋声氏径自到店里架子上翻找，被看店的女人痛骂一顿。

路上又不甘心地在台球场前张望了一眼，回到住处，已近12点。东京报纸已经送到。报纸果然还是属于早晨。到了中午实在无心卒读。

午饭后入浴一次。

写了一章给《读卖新闻》的小说。

秋声氏与竹内君说是去钓鲇鱼，扛着钓竿要出门。鱼饵是竹荚鱼，场所在公园下游的急流。我笑话他们说大概能钓到青蛙之类的吧，他们笑着出了门。

写完小说去看他们钓鱼，只见竹内独自坐在石头上出神。秋风奏鸣鱼线，石面冷彻掌心。一只蜻蜓点水而去。我问："钓到了吗？"他说："鱼饵都还在。"我问秋声氏去哪了，他说趁着饭后没什么客人跑去台球场了。我从那里路过，却没有注意到。

收拾钓具一同返回，顺路到台球场一看，秋声正在练得起劲。他说瞄准和姿势已经掌握了一点，但依然看不出球路，毫无办法。竹内也练了一会儿。他们也劝我打，可是我自知生性笨拙，肯定打不好，所以并没有尝试。

回去后又入浴一次。

泡温泉后小酌。一合①不尽兴，又追加了一合。

由于偶然的契机，我详细讲起了自己的一段经历。听者觉得有趣，我也来了兴致，决定写下来发到《中央公论》秋季刊上。

秋声氏回到房里工作。我们不忍打扰，于是吩咐店家在隔壁房间铺了床。

在床铺上写此日记。

楼下房间里，义太夫调②的师父来了，开始带众人练习。

虫声、蛙声。

---

① 日本容积单位，1升的1/10，约0.18公升。
② 日本传统音乐之一，与偶人戏相结合而发展起来的净琉璃，由竹本义太夫首创。

9月19日

被雨声唤醒时,乃是上午9点。入浴。

饭后写明信片,寄给岭云氏、橘香氏、西本氏、太田氏等人。开玩笑写了俳句。

伊豆的山峦　与相模的山峦啊　晴朗秋日里　秋声

久浴温泉后　卧枕犹觉格外凉　秋日细雨中　青果

秋声氏又出门去打台球。我们也相伴而行。看得出他非常中意于此,练习颇为热情。他跟一个年轻人对局多盘。那年轻人穿着进口细条纹布的夹衣,一条夏天用的丝绸腰带高高系在胸部,衣服下摆摩擦响动,脚穿白色短布袜,看起来像是小田原附近商家的小学徒。

这个小学徒两三天前才开始练台球,然而秋声怎么也不是他的对手,我在一旁观战片刻便回去了。

湯

温泉之夜

地点是镇子外围的佛堂。温泉镇的人们睡得都早，四下万籁俱寂，鳞次栉比的房屋一片昏暗，上面有十三日的月亮投下冷冷的光。周围如此安静，前面溪流的水声就显得格外地近，让人觉得不只传入耳朵，仿佛还沁入寂寥的心底。地上没有一丝动静，天空中似乎还有些风，时不时有枹栎和麻栎的叶子沙沙地飘落下来。然后一切又重归寂静，月光越发明亮清冽。

我感觉胸口发紧，背靠着佛堂的外廊，一动不动地望着镇里的家家户户。远处依稀可以听到人声。温热而带有硫磺气味的温泉水汽轻轻掠过鼻子而去。我想到正好怀里带了小刀，要不要在大堂柱子上刻下些所谓纪念的文字，然而又觉得麻烦，于是作罢。就算刻了自己的名字，又能留到什么时候呢？我明天就要出发，往后再也不会踏上这片土地。又有谁会记住我多久呢？一天一天迎接新的来客就是这个镇子居民的生计。就算刻下的文字能暂时残留，可××这个名字又能有多久不被遗忘，而且就算不被遗忘又能怎样！想到这里，我寂寞地笑了。

月亮隐入云中。眼前展开的雾海看起来好像一张白布，格外显眼。这时传来了两个人的脚步声，提灯的火光沿石阶一级级上来，仿佛人的魂魄一般，晃悠悠飘向佛堂的格子门窗。

这是旅店家的姑娘和年轻女用人来找我了。

"啊，他在那里呢。"女用人先看到了我，提醒道。姑娘不知是怎么想的，接过提灯让女用人先回去，自己来到了我旁边。

"您是怎么了？××先生，大家都在找您呢。"

"只因为月色实在太好了……"

姑娘吹灭了提灯，与我并排靠着外廊坐了下来。半晌一句话也没有说。我当然也没有作声。

"您明天一早就要走了对吧。"姑娘先开了口。也许是我多心，她的声音听起来好像微微有些颤抖。

"到底还是要说再见啦。这段时间没少麻烦你呢。"

"……。"姑娘什么也没说，默默盯着我的脸。我虽然疑惑，但也同样回望着她。四目相对，一时间动也不动。我从未见过这姑娘的脸上充溢着如此的热情，也从未觉得她如今天这般美丽。迄今为止不知潜藏在何处的年轻血色猛地染红了她的面庞，在月光下也能看得清清楚楚，带了几分湿润的大眼睛在美丽地燃烧。

夜好像已经很深了。空中起了风，吹得树梢沙沙作响，树叶像下雨一样落在两人身上。雾气也被吹散了，月光静美地碎在浅滩里。

雪前

早上起来，左眼皮痒得心烦。照镜子一看，上眼皮又肿又红，生了麦粒肿。

这一天从早到晚都如同黄昏一般阴沉沉的。寒气透过北面隔扇单薄的窗纸，深深浸入到身体里来。我坐在窗下的桌子前，奋笔疾书写着原稿。腰比脚冷，膝盖比腰冷，最后骨头都好像开始疼了。

我吩咐用人把火点旺，直到火盆的边缘都快烧焦了，热量还是只能徒然传到体表皮肤，骨头依然还是疼。而且，不管怎么掏灰添炭，总是有不完全燃烧的炭块，待在这封闭的室内简直要煤气中毒。嘴唇的皮也干裂了。

"怕是要来场凶的喽。"盆栽店的老板娘在井边跟什么人说着话。

她们还说着"晚上吃豆腐火锅"之类的。

我又继续写稿子。

玄关处,油店的小伙计哆嗦着送来了石油罐。谈好了钱后天再付,他就吹着口哨回去了。

用人看着账单,在昏暗的起居室里嘀咕着:"价钱涨这么贵,以后油也不能随便用了。"不一会儿又出门去了。

"这是要下雪啦。"

从门前路过的行人边说边走了过去。

可是,这雪直到入夜时分还是没有下。

暮色沉重地逼近了窗子。

幼儿园

喉咙干渴，我几次从醉梦中醒来。这是我出游半个月回来睡的第一晚。

"哥哥，领口很冷吧？人家说都是肩膀容易着凉。"妹妹一脸落寞地坐在我枕边，声音消沉。

"帮我盖个毯子，有点儿冷。"我让她帮我披了一条厚厚的方格骆驼毛毛毯。我心想这样就该暖和了，然而依然浑身发冷。而且这条毛毯是友人K氏最近说要给孩子去温泉用，在银座一家店里买的。

妹妹在榻榻米上摊开一面漂白布的旗子，在上面写着什么。她粗笔浓墨地写了"保命园"三个字，又在下面写"柳川"。"柳"字的"卯"字写了好多遍都不成形。她用手掌去擦。字消失得干干净净。她又重新描了两三遍。最后写成的是"菊川"。

"菊川是什么？人的姓氏吗？"

"写姓氏时是从左往右写的。从右往左写家业会衰落的。"妹妹脸色苍白地看着我。脸颊瘦削,线条锐利。

确实,菊川是从左往右写的。

"你是什么时候过来这边的?我一直以为你在老家的小学上班。"

"我住在镰仓,就在材木座附近,立着绿色电线杆的房子里。经营的是看小孩的幼儿园。"

"为什么不在学校干了?"

"工资太低了啊。拉了十一年小提琴,还是十一元。十一年十一元,因为好算账我才坚持到了今天。"

妹妹穿着大花纹的藏青底碎白花棉衣,蓝靛颜料气味很重。她今年二十八岁。我的四个妹妹当中年纪小的都嫁到了合适的人家,只有这个最大的妹妹阿密留在家里。她一直代替四方云游的我照料着孤身一人的母亲。如果没有这个妹妹,母亲就只能回娘家那边过日子,还得照顾外甥外甥女了。

"妈妈怎么样了。现在还在老家吗?"

"她现在在那个昏暗的、空荡荡的厨房里靠墙坐着,做些别的活计。"

我出生的房子,那破旧昏暗的房子浮现在眼前。

茅草铺就的房顶倍显沉重,烟熏火燎的四壁徒衬空旷。秋天的太阳红彤彤地照射在南面的拉门上,房檐下用草绳挂着成排的番薯干。席子上晾着栗子,今年的栗子虫子很多,虫粪扑簌簌地散落下来。

在这宽敞的房子里只有一个人。除了母亲以外再没别人。在那一片寂静当中,能够痛切地体味到秋日的寂寥。

我还什么也没说,妹妹就先开了口。

"哥,你想什么也没有用。妈说什么也不会跟你一起住的。"

"怎么都不行吗?"

"不行啊。妈妈心里自有她的决定。"

"是这样吗?"

我捂住了胸口。心脏附近疼得厉害,有压迫感。

妹妹说,

"唉,妈也是孤身一人,哥也是一生孤身一人啊。"

母亲身穿加了厚棉花的布棉袄,背朝阳光,面色衰颓,默默地缝补着衣服。两鬓带着寒意。她年轻时装的全副瓷质假牙看起来很诡异。

我默不作声地看着她的侧脸。眼泪情不自禁地落了下来。

额前垂着薄刘海的十二三岁小女孩儿向前探出身子说着话。她肤色微黑,牙齿很小,像个小老鼠。嘴小得有些寒酸,嘴唇也薄。我的注意力都被她的嘴角吸引过去了。

"最困扰的就是没有鱼啦。"这孩子语气像大人一样,很是老成。她还低下头叹起气来。我看到了她的脖颈,胎毛很浓,呈青黑色。

"明明来的是渔场,这算是怎么回事啊。每天每天都是烤豆腐,真的是受不了了。"

又说,

"不过也没办法啊。渔夫的税金太重了嘛。而且这又是一个月一次的节日对吧?不出海也是没办法的事哎。"

我觉得眼前所见的海应该是相州的平冢附近。沙地上点着篝火,六七个健壮的渔夫在眺望着海面。太阳照射下,他们的额头和手肘都闪着光。

早上出海的船只成列漂流在海面上。

渔夫们紧紧闭着嘴,像被封住的人一样,什么也不说。

我伫立在海滨。

妹妹阿密和那个牙齿很小的小女孩,还有一个四十岁上下穿着西装的男人坐在一起。

那男人看了我一眼。然后转向了对面。

他的脸好像在哪见过。我觉得我或许还会在某个修桥的工头脸上看到这样一张脸。他鬓角延伸到下巴,胸前长满了胸毛。估计他就算脚腕很瘦,小腿大概也很粗壮。

妹妹说这是幼儿园的园长。刚才的小女孩是他女儿,此外还有一个男孩儿。大概就在附近什么地方吧。

男人一边嗤笑着一边对妹妹说:

"那可不行,你要是去了东京剩下这幼儿园可怎么办。我绝对不答应。孩子们不是都跟你那么亲近了吗?你怎么舍得扔下他们呢?你的事就是我的事,这么着吧,我来帮你办东京这边的事,你回镰仓那边去……喂,这样比较好吧?"他边说边看了看女儿。

"当然了,不这样可不行。硬拉我也要带你回去。"女儿噘着小嘴说。

穿西装的父亲随意地躺下,然后把脚尽情伸展开,搭在了妹妹膝盖上。

妹妹低着头什么也不说。

看样子我似乎是该阻止妹妹的。

"阿密,你是怎么回事?这个人是什么人?"我的声音在颤抖。

"没怎么回事,我就是我。"

"人的一生是向上的历史才对吧?"我问。

"那背后是堕落吧。"妹妹很是坦然。

"你要甘于堕落吗?"

"哪有谁会乐意自甘堕落呢?这都是命啊。"她笑了。笑声极为无精打采,有气无力。

"你在为自己高兴。当然是了,在我眼里怎么看都是这样。"

"你怎么看都好。我已经自己为自己下定决心了。"

"可是你不想妈和哥吗?还有,这两个孩子跟你是什么关系啊?"

"不是我亲生的,是前妻的孩子。"

"对此你没觉得不满也没觉得不幸是吧?"

"您以为我今年多大了?已经二十八了啊。二十八岁的大妈有谁会搭理啊？不做继室就只能去寺里做老妈子了。"

"真是可悲，你不为自己这些话感到羞耻吗？"

"反正我生来就注定这样了。比起这些来，倒不如请回顾一下我这一辈子。"她目不转睛地盯着我的脸。那不带血气的面颊，大而沉郁的眼睛，深深刺痛了我的胸口。

穿西装的男人忽然抬起头，然后哈哈哈哈哈哈地大声笑起来。

喉咙燥热，醉得相当厉害。

他用那粗壮的手指，在淡然端坐的妹妹脸颊上轻轻一戳。妹妹和男人对视而笑，看起来很开心。

我不忍直视。胸口隐隐作痛。

牙齿小小的女孩儿又把那少年老成的脸探到我面前。

"你是小说家对吧？真是了不起的职业呢。"她笑着说。她嘴里积了唾液，那唾液像糖一样拖着丝粘在嘴唇上。

"我就是我。没有必要被你说三道四。"

"我只是因为您了不起所以才说了不起的。"她说。

继而三个人一同哈哈大笑起来。

我站起身来。

妹妹好像说了些什么,但我完全没有听见。

肩膀依然很冷。

(得于梦中)

时隔三年

一大早不知怎么就醒了。秋高气爽,晨光明亮,屋后杂树林里百舌鸟叽叽喳喳叫得热闹。我穿着宽松的睡衣,躺在柔软的被子里,尽情舒展着身子,并没什么时隔三年重新在自己家睡了一觉的感觉。眼睛已经彻底醒了,而直接起床又觉得有点可惜,于是我呆呆地望着隔扇上的花纹。

下定决心翻身起床。然后咚咚咚地踏着梯子,下楼去洗脸。

看到后院墙角里开着芙蓉,我从井边绕去了那里。我提着湿手巾,穿着庭院木屐。一双赤脚自己看来都觉得皮肤很好。那里有二日亩①的空地,盛开着紫苑花、

---

① 日本的土地面积单位,1反的1/10,1坪的30倍,约合0.991公顷。

鸡冠花、女郎花等秋草。颜色虽淡,却富于情趣。这片地是按着我的喜好没有垦成蔬菜田,故意闲置成草地的。

草上露水未干,每走一步脚背都觉得发冷。我索性把衣摆别到腰间,踏开草地向前走去,只见脚边许多小虫轻轻飞起,细小的草籽像米糠一样沾到小腿上。初秋清晨澄澈的空气冷彻眼睑,肺部深呼吸时也略感有些抵触。长年住在温暖之地,我的身体已经适应了那里湿润的空气了。

草地的那一头是悬崖,挨着防风林种着十几棵栗子树、榛子树。冬天的夜里,北风正面吹上去,卷着阵雨敲打枯枝,发出寂寞的声响。前面是一片开阔的沿河田地,正下面的灌木丛边上,江户川的上流时隐时现,蜿蜒流动。防风林里有一大株亭亭如盖的胡桃树,下面一条大狗慢腾腾地站了起来,噗噜噜抖着毛上的水滴。那是一条暗黄色的混种狗,在我家养了很久了,名字叫权。狗一脸狐疑地看着我,看来已经忘记了主人的脸了。

"权,权!"我向它走过去。

狗撑开两只后脚,一副马上就要逃掉的架势。褐色的眼睛胆怯地动着,紧盯着我的脚步。

"你是把我给忘了啊,权,权。"我边说边走上前去。

权又一次作势要逃,然而还不肯轻易跑掉。它把尾巴竖得笔直。

"权,权。"

我用手轻轻拍了拍它的脑袋。老狗不安地缩着脖子,任由已忘记的主人拍打。露水滑过胡桃树的叶子嘀嗒嘀嗒落到土里,也落在领子上。泥土的香气清爽扑鼻。

××高岗就在这里的正对面。广阔的森林还像夏天一般郁郁葱葱,其间有西洋风的二层小楼和纯白的土仓墙壁这一处那一处地探着头。从这里到对面高岗之间,凹陷的田地被秋天的收成染成深黄色,狭窄蜿蜒的田间小路上一个人也没有。天空透蓝高远,地面上则是明黄田地、绿树白墙、长长的红土路,活像一幅水彩画。放眼望去,都是明晰浓重的色彩。早上的微风拂过野外的小河,引得水面的阳光闪闪颤动。那左边是一条笔直的铁道,在尽头处可以看到一个小小的乡村车站,那便是××站了。信号灯笔直地耸着白色的臂膀。

我蹲在那里,着迷地看着这景色,直到许久许久。

车上

从上野出发时是下午 2 点左右。列车开往平市。

蓄着恺撒胡的大学生在北千住下车,披着带家徽披风的老太太在松户下车,看起来像是大店铺少掌柜的金边眼镜,还有一位军医,都陆续下了车,火车到达我孙子①的时候,车里已经松快了不少。这个二等车厢里连我在内只剩下四个人。之前一直缩在角落的我挪到了对面的座位,舒舒服服地铺开了盖膝毯。

我拿出书来读了一会儿,却没什么兴致。于是漫不经心地开始留意起其他乘客来。

入口旁边的年轻女子手端正地叠在膝上坐着。头扎银杏叶发髻,身穿黑纹和服外套,体格瘦瘦小小的。

---

① 我孙子市。位于日本千叶县西北部,旧宿场町。

也没有什么别的行李,只在身旁放了个印花绉绸方巾的包裹,里面像是两个葡萄酒瓶。她从上车到下车,眼睛一直盯着一个方向不动。她在取手①车站下了车。

我正对面是一位穿着浅灰色方领和服外套,扎着椭圆形发髻的年轻夫人。她朝着窗户坐在坐垫上,一个劲地读着《女学世界》。这位夫人身形肥大,血气旺盛。也许是因为粉抹得太多了,口红看起来很扎眼,感觉有失体统,令人不快。最后她还从信玄手提袋里掏出了白手帕绕在了肩上。

另一个人是穿着西服的年轻男子,像是公司职员。这个人就坐在我旁边。脸色苍白,有点像个病人,手指上戴着金戒指,手腕戴着金手表,鼻梁上架着金边眼镜,西服折痕笔挺。他面相看上去很和善,可实际却自私得可怕,不管车上乘客怎么拥挤都固守着自己用毛毯铺就的领地纹丝不动。从上野站上车后马上就开始装睡,丝毫不肯让出自己位子的,只有这个男人一人。火车一开动,他就取下礼帽和水獭皮的围巾放

---

① 取手市。位于日本茨城县南部,利根川沿岸,旧宿场町。

到架子上,从包里拿出深灰色的鸭舌帽端正地戴好,合上外套的前襟,把戴着金戒指的双手搭在手杖柄上,装模作样地闭着眼。他也不抽烟,脸上的表情仿佛在说自己跟他人所处的不是同一个世界。

火车停在支部的车站时,一个脏兮兮的乡下老伯搞错车厢跳了进来,一屁股坐在了那个公司职员铺的毯子上。公司职员此时的脸扭曲得厉害,在旁边看着都不禁感到同情。他恶狠狠地侧目瞪了一眼泰然自若的老伯,开始闷不作声地一个劲拉被老伯坐住的毯子。也不说叫人家站起来,只是乖僻地默默往外拉。

还好这时巡视的车站工作人员过来把老伯带到了其他车厢。老伯一边说着"都因为俺不认识洋文"一边连连低头道着歉往外走,而职员还是满脸通红,气得直发抖,恼怒地瞪着老伯的背影。然后他取出手帕,一脸嫌弃地擦拭毯子上的灰尘。

职员在土浦① 本想要买便当,不过听到没有上等的,就没有买。他拿的是链式编织的银色钱包,很精致。

---

① 土浦市。位于日本茨城县南部,濒临霞浦,旧城下町。

然后他又一动不动地摆起了架势。

年轻夫人看来是读书读厌了,从袋子里拿出一个纸包,开始嘎巴嘎巴吃台湾豆。一边吃还一边呆呆地瞧着公司职员。公司职员当然也察觉到了,不过还是面无表情地装出一副若无其事的样子。他从口袋里掏出一个漂亮的金边记事本,开始往上写些什么。年轻夫人好像不管职员做什么都觉得很稀罕。

在水户站,两个劲头十足的年轻绅士鱼贯而入上了车。两个人都只提了个旅行箱,没有别的行李。他们让"小红帽"①在年轻夫人旁边的座位上铺上厚毛毯,精神抖擞地坐了上去。其中一个穿着深蓝色麦尔登西服,垂着白金和黄金交织的链子,另一个穿着混色雪花纱的西服,里面是法兰绒的装饰衬衫,两人头上都随意地扣着鸭舌帽。都是面色黝黑精干,充满年轻活力,蓄着短胡须,叼着大烟斗。

两个人都已有三分醉意,他们面对面坐下,从裤子口袋里掏出两三枚银币交给"小红帽",叫他买来

---

① 车站的行李搬运工,戴红色帽子。

了啤酒。两人又从箱子里取出旅行用的折叠杯,开始喝起来,还拿出好像是乳酪罐头做下酒菜。

我最初根据穿着打扮,推测他们是华族①或者什么人家的年轻绅士,正在去打猎的途中。一个人穿着厚厚的红色牛皮高腰鞋,另一个人穿的也是针脚露在外面的高勒儿皮鞋。然而留神听他们的对话,才逐渐意识到他们是出差到磐城地区的煤矿视察的工程师。其中一个是工学士,好像直到最近都在德国游学。

我听着两个人的对话。

"不过四百元也太贵了。而且,高木家里有会摆弄钢琴的女儿吗?"

"有啊,庆子小姐。今年十四岁了吧?"

"在学习院吗?"

"是啊,而且她本人也有心思弹弹看吧。"

"听说峰田盖别墅了。"

---

① 华族。日本明治二年(1869 年)授予以往的公爵、诸侯的族称。十七年(1884 年)的《华族令》规定公侯伯子男五爵,对国家有贡献者也予列入,成为有特权的社会身份。昭和二十二年(1947 年)废除。

"是啊,在国浦津建了一座。不过是西式建筑,挺寒酸的。"

"是诺克斯设计的吗?"

"哪儿啊,听说是大学的富木设计的。"

"那就不行了,毕竟日本人还不懂建筑的原则。还得是洋鬼子。洋鬼子真的是很有品位。"

"松平的家就不错。"

"他舍得花钱嘛。都说哥特式过时了,可我还是觉得很好,豪华壮观嘛。"

年轻夫人竖着耳朵听着。他们俩年轻健康的脸庞微微泛红,神采奕奕地聊着天,好像完全没有意识到周围还有谁。

职员的神态明显发生了变化。他异常地坐卧不安,心神不宁。他像是被两人的对话所吸引,一直侧耳聆听,可又时不时忽然回过神来,紧接着开始小心地在意起自己的穿着打扮来。掸掸肩上的灰,整理整理袖口,抱起胳膊坐坐正,继而马上又松开手,从口袋里拿出香烟战战兢兢地抽一抽,紧接着又丢掉香烟,拿起报纸来看,然而不知不觉间眼睛就开了小差,开始出神地倾听年轻绅士的对话。

如果两个人中的一个，无意间转动眼球朝公司职员看一眼，那职员惊慌的模样简直无法形容。脸唰地变得通红，眼睛慌忙瞟向别处。可是不一会儿他又会畏畏缩缩地留意那两个人。

职员无论是看手表还是看书，都像怕被那两人看见一样，总是小心翼翼、遮遮掩掩的。就算是呆坐不动的时候，他似乎也是心神不安，怎么也坐不踏实。

两个年轻绅士在勿来①站下了车。好像是要在那里住一晚，明天一早再到平市去。

公司职员好像松了一口气。他拿出在水户买了还没有动过的便当，用早已晾成凉水的茶润着嗓子，开始干巴巴地吃起来。

年轻夫人不知什么时候开始连连点头打起了瞌睡。

---

① 勿来：日本福岛县东南部、岩木市南端的地区，以勿来关而闻名。

印①花

设若人有五十年寿命,一年十二月,一月三十日,据我所经历之事实来讲,度过三十日就逝去一月,度过十二月就逝去一年。

那是一个穿着厚皮衣的老翁。他低头坐在像寺院一样又大又暗的房间里,默然地往膝前的纸上盖着印。那张脸看起来很像在书上常常看到的《巴黎圣母院》作者晚年的面容,宽阔的额头、强壮的下巴、坚硬的须发宛如白雪。说像寺院,是我现在的感想。当时我只看到他坐在昏暗微弱的光线下,房间的形状摆设,我都没有看,都不知道。

纸是印了红色框线的格纸。时、日、月、年。纸

---

① 印花税票:贴于凭证上代表一定金额的票证,可以代替现金缴纳手续费、税金等。

上据此划出空格,横向排开,长度看起来约略有五十年上下。

我漠然望着。

老翁伸出哆哆嗦嗦的手,从旁边的麻袋里抓出一把印花税票,凑近浑浊朦胧的双眼,一边读,一边自言自语地嘟囔着什么,声音低沉,但旁人还能听见。然后,他把印花分别贴到格纸的某日,或是某时,又或是某月某年下面。用硕大的手掌用力一按,最后在上面盖上印章。

我走上前去,从老人背后读了那些印花。

五钱、十钱、十五钱,全都是若干铜钱就能买到的,极廉价的印花。

老翁好像没听到我的脚步声。他睁着浑浊的眼,举着颤抖的手,自言自语着——然而又毫无顾虑地,就如同一台生锈的机械般,贴了印,印了贴。

贴啊贴啊,直到五十年的格纸几乎连一点空白都不剩,我一直在旁边茫然地看着。

纸贴完了。老翁连气都没有叹一口。

(1月4日晚,得于梦中)

秋雨

外面阴雨连绵，让人心情烦闷。窗外西面天空阴成灰色，看不出何时才能放晴。常言道，草枯时雨连七日。不知是不是因为气候变化所致，从昨天开始身体就莫名疲乏，膝盖和手腕的关节都似乎隐隐作痛。原本想着手写点稿子，又觉得麻烦，便作罢了。耐不住母亲的絮叨，我勉强喝了两碗春黄菊熬的中药。关着拉门的屋内已如薄暮，挂在柱子上的圣母像都模糊难辨了。

我从抽屉里取出一张旧照片。那是一年夏天去镰仓避暑时，我跟品子、辰子三人一起拍的。已经是六七年前的事了。辰子站在右边，穿着当时流行的箭尾飞白纹和服单衣。这张照片是五月打扫书斋时从书箱底下跟纸屑一起翻出来的，我瞒着母亲悄悄把它藏到了桌子抽屉里。

我爬到拉门边上,借着暗淡的光,盯着照片看了良久。也许是因为曝光过度,照片看上去模糊不清,并不觉得很像,不过还是感觉比我脑海里的辰子更为真实。越是能调动感官的东西,越容易感动人心。比起脑海里的人来,眼睛看到那个人,哪怕是梦中所见,也更令人恋慕。

这照片是到半僧坊参拜归来途中,在雪里拍的。来回的路上辰子都有声有色地笑闹戏谑着,引得众人笑声不断。从内神殿下来的山路中段,朽烂的钟楼下面,有一大片白百合盛开在悬崖边。辰子看到后就抓着藤蔓爬下去要摘,全然不顾品子脸色苍白慌忙阻拦。没有办法,我也随后跟了上去,跟她一起站在了山泉点点滴落的悬崖边。脚下是数十丈的山谷,只是看一眼都会感到晕眩。头顶上品子攥着铁链护栏,声音颤抖地呼喊着"辰子!辰子!"

"我要是从这里跳下去的话,你打算怎么办?"辰子伸出脚,目不转睛地向下望着。

"有什么好怎么办的!"我惊异地看着她。

"你不随我一起跳么?"她笑了。这姑娘有时就是会有些这种疯疯癫癫的举动。

"才不呢。"

"那,我就拉你一起下去,人家可不愿意一个人死掉。"

"那我就挣开喽,我会用尽一切办法让自己生还的。"我当时只能这样回答。但是如果她什么也不说拉着我跳下去,我也肯定会默默地陪她一起去死。我不是那种能将心底痛切的爱意说出口的男人。

辰子一脸愠怒地看了我一眼,然后自己一个人头也不回地攀上原来的地方,催促着品子下了陡坡。我落后一大段,慢吞吞地跟了上去。一路上辰子把好不容易摘到的百合花全都薅光丢掉了。

"唉!"我把照片丢在一旁,一头躺了下去。似乎起了点儿风。大滴的雨敲打着院子里的树丛。

我留意到周围变亮了,原来是女用人不知什么时候在桌上放了盏煤油灯。外面已经彻底黑下去,浇注在房后树林的雨声忽然变得清晰入耳,顿觉湿气仿佛渗入骨髓。

我心情落寞地吃完晚餐,又进了书斋。母亲随后泡了红茶端进来,跟我这个那个搭了几句话,我却全然不能好好应答。她见我一脸不耐烦的样子,于是提醒我一句不要打盹儿着了凉就出去了。

未知之物

某天深夜，神乐坂的某条小巷里，两个青年跳进了一家二层木质建筑的西餐馆，招牌上写着"法国料理"。是夜月影如霜，凝结满径。

其中一人留着络腮胡，个子很高，身穿厚厚的混色雪花纱西装长外套，手拿银饰粗柄手杖。另一个青年下巴瘦削，目光沉郁，整张脸长满了胎毛般的细毛，看起来甚至有些发黑。他没穿外套也没戴帽子，苍白的电灯照亮了他宽阔的脸庞。

穿西服的青年大口大口地灌着啤酒。和服青年喝到第二杯就受不了了，眼圈通红。

这是这两人的对话。

"要我说啊，天下就不存在未知之物。"西装男首先开了口。

"你的意思是说没有人不知道的东西吗？"

"并无未知之物。"

"什么意思?"

"要我说啊,世上的人们,尤其是我们的同类,总喜欢强行造出些未知之物来。比如命运啊、死啊,还有恋爱啊什么的。"

"尽说些不可思议的话。"

"人不是连神都造出来了吗?既然已经有了神,不就不能说神是未知之物了吗?"

"不懂啊。"

"我们没见过北极。但是,在听到北极两个字的时候,眼前不是会浮现出某种幻影吗?说到地狱时,我们也会马上直觉性地在眼中映射出一个地狱。"

"还是不明白。"

"要相信直觉。"

"就算想相信,咱们也没有应该相信的证据啊。"

"同样也没有怀疑的证据吧。"

"但是,咱们现在既没见过地狱也没见过北极,这总是事实吧?"

"没见过并不能证明不知道哦。"

"诡辩论者!"

"并非如此。你应该也梦到过地狱和北极的。"

"是梦到过。在梦里连自己的后背都能看到。"

"你看吧?你并不能说不知道地狱。"

"我是搞不懂了。"

"把科学从头脑里清除出去吧。所有东西都能够知晓。"

"什么啊那是?"

"世上并无不可思议之事物。"

"搞不懂啊。"

"你应该已经懂了。"

火灾

一天晚上，我和一个朋友从三番町往新见附①那边走。道路冻结了，木屐的声音都显得清脆。月光落在地上，镂刻出清晰的树影。

朋友两三天前才来到东京，所以这一晚我们一起饭后出门散步，想着要不去神乐坂看看。

我们在新见附那里沿着堤坝向右拐。风顺着衣角吹上来，煞是寒冷。

"啊！"朋友停住了脚步，"是不是着火了。"

"诶？"我向那边望去。小石川本乡②的高地上，

---

① "见附"原意是指（面向瓮城城门外侧的）哨兵岗哨。相传日本江户城曾设有36处。如今仅留存于一些地名之中。
② 小石川位于日本东京都文京区内，地区名。多学校、印刷厂。本乡位于文京区东部的地区，东京大学坐落于此。

树木密密麻麻，漆黑一片，浓烟就从那里升腾而起。

"好像是的。"我连忙跑上了旁边的堤坝。冬夜清澈的天空里，滚滚浓烟逐渐扩散开来。

"是在哪呢？"

"反正肯定是在小石川。"我依旧驻足眺望着。不一会儿，烟渐渐小了下去，最终看不见了。

"什么嘛。"我们俩又走了起来，不知不觉间就把那阵烟忘在了脑后。

过了一会儿烟又升腾起来，而且灰色的浓烟里还能看到熊熊的火焰，火星四散不止。

"去看看啊？"

"离得挺远的吧？"

"没多远，有二十分钟就能到。"

"那就去吧。"

我们俩跑了起来。路过牛込[①]见附时烟已经化为一整面的火焰。见附的桥上站了许多驻足眺望的人。

筑土的派出所前面聚集了好大一群人。我们俩也过去看了看。借着红色的门灯，我们看到了玻璃窗上

---

① 位于日本东京都新宿区东北部。

贴出的告示，上面写着火灾发生在传通院①附近。

"是传通院，就在那边！"我扯扯朋友的袖子以更快的速度跑了起来。朋友也跟在后面跑着，可是逐渐地，他跟我之间的距离越拉越远。

"你是怎么啦？再快点儿啊。"

"等，等我一下。跑不动了，我心脏不太好。"他痛苦地咳起来，手按着自己的腰窝。

很多的人都在往着火的地方跑。还有像是工匠的人，精神振奋地嚷嚷着飞奔而去。每个路口都站了很多看火灾的妇女儿童。我们俩穿过众人的衣袖一路向前赶。

登到安藤坂顶上，就看见了火头。传通院门内一片火海，映衬着山门乌黑凸现在前。火星向西南方向撒得老远。

我们俩在拥挤的人群中一点点向前挤。前面横亘着四五根消防泵的橡胶管，从断口往外喷着水。

我们在个不远不近的地方停下脚步，一面被人潮揉搓，一面看着势头凶猛的火焰。朋友一直一副不安

---

① 传通院：位于东京都文京区小石川的净土宗寺院。

的样子,因为怕跟我走散,紧紧握着我的手。他的手很凉。

我忽然想起这寺庙后面有间同乡居住的宿舍。

"喂,不知××君怎么样了。他肯定正为难呢,咱们去看看他吧。"

"能过得去吗?"他惴惴不安地看着四下的人群。

"当然过得去,跟我来吧!"

我原想拨开众人往前挤,却因为被朋友紧握住手,难以随意移动。这时周围人群又一阵拥挤,我们险些摔倒。

"喂,这样根本不行啊,压根过不去啊。"朋友的声音几近乞怜。他缩着身子,好像在试图尽量不被人挤到。

我见朋友的态度如此不中用,真有点想假装消失捉弄他一下。

好容易钻出人群,来到了后巷。目的地××宿舍里一个人都没有。那里离起火处相当远。我认识的人全都跑去看火灾了。

我们又穿过坟地,朝着着火的方向跑去。这里也有好多的人。我们爬上了一座坟头,火焰的热浪顿时扑面而来。

火势逐渐弱了下去。在水泵猛烈的攻势下,火焰被成片地消灭。烧剩下的柱子沐浴着寒冷的月光,黑乎乎地林立在四下。不过,每当有风吹起,还是有火星扑簌簌地飘落。

我们再次回到传通院正门前面。人群已经散去了不少,灭火的警钟声倍显冷清。道路被水管弄得泥泞不堪,庙会日的盆栽惨遭践踏,沾满了泥水。

光

正如光本身即为光，暗亦本身即为暗。暗乃是一种物质。且为含毒素之物质。

人因光而迷醉，因暗而中毒。

倦怠、疲劳、睡眠、不安，皆往往为因黑暗中毒之生理症状。

吾犹同畏惧矿物性毒物般畏惧黑暗。

成药

今天利吉也跟往常一样，一早就已经坐到了账台前。他把厚厚的带领和服外衣用下巴夹着对袖叠好，塞到桌子下面，从腰间取下烟草盒，一屁股坐在硬得像板子的榻榻米上。烟草盒挂在了账台的格子门上。烟管筒①上雕刻着司马温公②的脸，看上去油光发亮的。

买卖没那么大，他还称不上通勤掌柜③。这家店不过是士族出身的遗孀维持生计用的一间小小当铺。户主四十多岁，已经开始秃头，却还对律师考试心怀留恋，每年春秋两次都会去参加一下。他母亲就是这家

---

① 装烟管的筒状容器，与烟草盒配套。
② 司马光。
③ 不同于住在雇主家里的住宿掌柜，指每天从自己家到店铺上班的掌柜。

店的女主人。

利吉已经在这里干了有三十年以上。他是个孤儿，父母在庆应①年间麻疹流行时双双去世。他在店门前的大杂院里租了间房，老婆阿市平日卖些一文钱点心啊竹扫帚什么的。因为地处寺院小路，每到盂兰盆节、彼岸节时分，店铺角落里还会摆些香花、供品之类。

阿市比利吉年轻一轮还多，今年三十五岁。她原来在他家里做女用人，后来两人就在一起了。

上午先是迎来了一大批客人。利吉一如往常，翻翻账面，敲敲算盘，出的出、进的进，忙这忙那。他还时不时把笔往耳朵上一夹，来来回回到仓库去了好多次。

已经退居二线的女主人坐在炉边，担任着翻译的角色，把客人的话一一转述给利吉。利吉两只耳朵都有点儿背。但是，唯独老主人说话时，哪怕声音很小他也能立即听清。她有时还用烟管或手指比画着告诉他该怎么做。

---

① 日本江户末期的年号。后改元"明治"。

利吉总是目光发愣地用心看着那些手势,边点头边用女人一样尖细的假声应和道:"噢,噢,这样啊。"

没有客人的时候,利吉就会编第二天要用的莎草绳,用刨子削掉用来标示典当物的木牌上的文字。这些都做完后,他常常会坐到向阳处,用裁纸刀刮脚跟上的死皮。他的两只脚踝处由于长久跪坐,生了铜钱①大小的趼子。

这一日是棉蚜②如雪般飞舞的小阳春天气,利吉又坐在外廊,蜷着背刮着死皮。

老主人若无其事地走出来跟他搭话。

"利吉,茶屋町的温泉真像传的那么有效么?"

"具体怎么样我也不太清楚,不过据说是大受好评。"

"又是那帮人在糊弄人吧?"

"似乎也不全是瞎话。好像还有些大户人家的夫人们光顾呢。"

---

① 原文为「文久ぐらいな」,或指日本文久三年江户幕府发行的有孔铜钱。
② 雪虫,绵虫。体内分泌绵状白色分泌物的昆虫的总称。体长约2mm。晚秋时节在日本东北部和北海道地区如棉絮或雪状飞舞。

"也有人长住在那做温泉疗养吗?"

"就我所看到的,十个人里有九个几乎每天都去。"

"这样啊。"她退回了屋里。

老主人从今天早上就一直等着要看看利吉的情况了。昨晚女佣跑来说,自己去井边打水时,听到利吉家里传出来呜呜的哭声。她偷偷从窗户往里一瞧,只见利吉把老婆阿市用细绳子紧紧捆作一团,正拿尺子啪啪地抽打她的脸。而且一旦阿市发出点声音,利吉就低声说:

"别出声,别出声!"一边训斥一边责打。

听了这些,老主人深深叹了口气:"又犯病了,真没办法。"

"是不是因为她跟长吉的事啊?大概有人告诉利吉了吧。"女佣好奇地问道。

"还有谁会说啊,还不都是跟你一样没头脑又多嘴的家伙干的好事!"老主人满眼不快。

女佣板着脸退下了。今天正是第二天。

女主人眼神阴沉地从太阳地里回到阴暗的厨房,再次叮嘱女佣说昨晚看到的事绝对不要跟别人透露一星半点。

利吉就着女佣给泡的茶,在账台旁边吃完了便当。虽然就住在同一块宅地里,他每天的午饭还是由阿市送便当过来解决。

今天的菜里有干烧红鱼。吃完之后,他悠闲地抽着烟,拿了一把手柄破旧的整枝剪子,开始修剪满天星。

咔擦、咔擦、咔擦、咔擦……剪刀沉闷地响着。坐在明亮的拉门边缝补衣物的老主人听着这声音,感到阵阵睡意袭来。

长吉从厨房走了进来。他是个单身懒汉,靠卖筛子为生。只见他满脸通红,估计是歇了生意刚喝了点酒。他一只手里拿着条崭新的细筒裤①,也没拿包袱皮包起来,就那么随手拎着。

"长吉,长吉!"女佣将长吉叫到汲水口,把刚刚才被叮嘱不要透露的事全都一五一十讲给了长吉。

"哼,那又怎样。"长吉并不在意,笑着走进屋内。

他从账台朝着院子大声喊道:"利吉,利吉!"还

---

① 紧贴腿部的裤子。自江户时期起为手工艺人、农民所穿用,今多为针织的防寒内衣。

挥舞着手里的细筒裤。

利吉拍拍膝盖上的土走了进来。然后,他手法熟练地把细筒裤在榻榻米上摊开。

"七贯!"长吉大声喊道,伸出一个手掌加上两根手指。

"也就四十钱,不能再多了。"利吉抬头看了看长吉的脸。

"七十钱啦。仔细看看货再说话啊。这还有染料的气味哪!"

"再加五钱吧。七十钱什么的简直是无理取闹。"他从格子门上取下烟草盒,悠悠地抽了起来。

"这聋子真能作孽。"长吉小声跟女佣逗趣说,又在利吉耳边大喊,"没法子,六贯吧,六贯!"

"不成。你就拿着四十五钱回去吧。给你多少还不都是一回事。反正这钱你也就是拿去喝掉。"

"才不是喝酒呢,利吉啊,就给我六十钱吧。"

"不是喝酒啊。是去打牌喽?"利吉笑着说。

"尽瞎说!这是我跟朋友来往一定要用的钱,你就利索地借给我吧!我明后天肯定来赎当就是了!"

"真拿你没辙。"利吉一边笑一边打开钱箱说,"接着。"丢出了一枚五十钱的银币。

"五十钱啊,还差十钱呢!"长吉伸出手掌。

"不行,不行。再多一文也不能出了。"利吉开始叠细筒裤了。

"那我一会儿再拿别的东西过来,先把钱借我呗!没有六贯真的是不够啊。"

利吉好像听不见他说什么,径自开始记账。长吉一边嘟哝着一边再三死乞白赖了一阵,结果还是一无所获。

"太瞧不起人了!"他丢下一句逞强话,把钱塞进围裙口袋里,晃晃悠悠地往回走。

在厨房前面他又跟女佣聊了些什么,笑着说了句"没错儿!"就走掉了。

天色开始暗下来时,利吉对了一遍账簿,算清收入支出的明细。然后他把钱箱和账目一起交给女主人,一天的工作就算结束了。

"利吉,明天我想处理一下死当物品①,你早点过

---

① "死当"又称"绝当",指当户既不赎当也不续当的行为。死当同样标志着典当双方权利义务关系的解除。死当物品可由当铺变现受偿。

来吧。总等着行市变动也没个头。"老主人吩咐道。

"那我明天上午去带庆五郎过来吧。他之前说过想囤点货的。"如此商定之后,利吉从桌子下面取出和服外衣鼓鼓地穿在身上,把烟草盒插在腰间回家去了。

老主人随后把别人送的油炸豆腐寿司装了一小碗出了门,想不动声色地去看一眼利吉的情况。

"这么黑怎么也不点灯啊?"她甚感奇怪地走进了昏暗寂静的屋里。

利吉不在。他的老婆阿市俯卧在褥子上呻吟着。

"怎么啦阿市,身子哪里不舒服吗?"

"怎么说呢,好像老毛病又犯了。从下午开始腰就不得劲,还有点儿想吐。"她难受地说,还往枕边的白铁皮小盆里呸呸吐着唾沫。

"那可不好。你感觉怎么样啊?用不用叫医生来看看?"

"我觉得应该没什么事,反正今晚先挺一晚上吧。"

"那你也不能太勉强了喔。"老主人站起身来,姑且把煤油灯点上了。

屋顶低矮、被煤烟熏黑的房间在昏暗的光线中显露了出来。

"利吉到哪儿去了?"

"刚才好像还在那边洗衣服来着,现在可能到井边淘米去了吧。"

"是嘛。"老主人说着,也细心地帮她整理起房间来。

病人一个劲地吐着唾沫。

棺材

两个小工扛着棺材走着,我们四五个人跟在后面。只有引导的僧人坐着车紧随其后。

那是 12 月中旬的一个下午。冬日里柔弱的太阳在路的一侧铺上了影子。人们沉默地走着。众人的脸都暴露在寒风里。

棺材出了市区,慢慢来到了乡下小路上。两侧草屋边的树木多了起来,电话线只通着两根。

对面来了一队骑兵。我们一行人让到了旁边的空地上。那里有四五个孩子正点着篝火取暖。有人从袖兜里拿出敷岛[①]香烟,从那借了个火。

人们都看着骑兵。他们大约有一个小队,踏着沙尘行进了过去。

---

① 香烟牌子。

棺材又出发了。道路越来越差，车上的僧人脑袋晃得厉害。

两旁已没有人家了。电线杆的影子远远地越过收割后的田地，落在对面的田埂上。那边更远处是一片高地，从枯木之间的缝隙里可以看到纯白色的建筑物。

我们来到一个铁道口。正赶上护栏关闭。火车卷起猛烈的风，呼啸而过。又是辆货车。护栏吱吱嘎嘎地升起来。棺材再次上路。

夕阳西下，烟霭渐浓。无意中望去，只见远处的森林已经模糊不清。

路过一座桥。栏杆风吹雨打，已成灰色，上面的文字难以辨认。过了桥，道路在此汇作一处。对面的路上走来一名军人。长长的佩剑碰着长靴连连作响。

从一间房子旁边绕过，一根巨大的烟囱就映入了眼帘。

"好了到啦。就是那儿。"有个人说道。所有人都看着烟囱。烟囱被熏得乌黑，高高耸入冬日的天空。在它下面，肮脏的砖瓦房连成一片。

棺材被扛进了砖瓦房。然后被安放在了斋场前面。僧人敲着钲开始念经。

众人精疲力竭地坐到了旁边的凳子上。

"这路可真够长的。"有人说道。

一个人站起身来,去交涉火化间的事宜。过了一会儿就回来了。

"正好有个好位置。中等三号间。"

僧人念完了经,说道:

"请各位都来上香。"

上香完毕。小工在后面把棺材装上牛车,推着走过水泥铺就的走廊。

"中等三号间。就是这儿了。"走在前面的一个人停住了脚步。棺材和后面跟上来的人也都停了下来。

铁门被打开,棺材被缓缓地推了进去。咣当一声重响,铁门关上了。咔嚓一声上了锁。

收容院

户石这人喝酒从脚开始醉。现在他的步伐就已经是东倒西歪了。

户石穿着高齿木屐踉跄在新铺的砂石路上，说什么都非要再找一家便宜的酒馆接着好好喝一通。

陪他这样闹下去可没个完。武田把雨伞扛在肩上，快步走在前面。他打算穿过柿木小巷到饭田桥，从那儿坐去神田的电车。户石嘟嘟囔囔抱怨着跟在后面，落后有八九米远。一旦停下脚步等他，他马上又吵吵着要去喝酒。

雨没下大就停了。那是夏夜9点多钟。夜风带着雾气透过和服单衣轻抚着肌肤，感觉凉飕飕的。

他们俩从下午就开始到神乐坂的一家小饭店里喝酒了。

拐角是一家乌冬面店，招牌上圆圈里写了个"三"

字。店前面就是车站,可是不凑巧没有电车。武田把蛇眼伞①当手杖撑在木屐前面,等着电车过来。

户石从后面追上来,靠在了旁边的电线杆上。他还穿着五纹家徽②的崭新罗纱外褂。

"你是非要回去不可喽。咱再高高兴兴喝上一小会儿,然后就解散。就两小时。"户石还在纠缠不休地絮叨着。

"我已经喝得不行了。你总是这样一喝醉就没完没了的。"

"那来我住处喝吧。就这么散了也太没意思了。何以度此良宵啊。"

"出租屋的人也都要睡了吧。这都快10点了。"

"睡什么啊,12点之前都没事儿。反正是旅馆,闹得晚点儿也没关系。而且还可以让你看看一个叫阿今的美女。"

------

① 竹骨架,伞面为蓝色或其他颜色,中间糊环状白纸,撑开后呈蛇眼形。
② 和服礼服上的五处家徽,或有五处家徽的礼服。通常最正规的是拔染的五朵向阳花纹,其中背纹一处,袖纹二处,胸纹二处。

"已经看过了。没你说的那么漂亮。"武田嘲笑道，一脸不耐烦地从醉汉身边挪开。

一辆电车绕着大大的弯道向这边驶来。

"那我坐这趟电车先行告退了啊。"

"真是顽固。那你留下个五六元再走吧，我自己去喝。"

"还五六元，我哪有那么多。给你三元吧。"

他从绸布钱包里掏出三张纸币递过去说："你喝差不多就回去吧。不然刚开始租房就要给房东留下坏印象了。"一边越过铁轨往对面走。

"嗯。"户石把钱揣进袖子说，"你真的不去啊？"

"告辞啦。"武田轻巧地跳上披风而来的电车。在列车员室电灯的照射下，他本来就已经很红的脸愈显通红，简直像要燃烧起来。

户石摇摇晃晃地走着，木屐踏响在电车轨道旁的石板路上。他顺着昏暗的渠旁向神乐坂方向折返回去。

来到见付外的自动电话旁边，户石停下了脚步。看起来像是不知该去哪了。

酒已经醒了。他从怀里掏出烟来抽了一根，但舌头干得慌，烟也没有味道。见付的桥上还零星剩了几个穿着白色浴衣出来纳凉的人。

他走进了坡下的冷饮店。

"冰淇淋。"白炽灯照耀下的脸毋宁说有些苍白。

"再来一杯。"

"再来一杯。"

一共吃了三杯。

出了冷饮店,户石沿坡而上。神乐坂坡上人到底还是很多。户石也没想好要去哪。他在大路旁的旧书店前面停停,在手杖店门前站站,跟着络绎不绝的人群往前走。从刚才开始脚步也变得稳当了。

毘沙门前面摆了一个关东煮的摊子,一旁挂着红字小灯笼。

"鱼糕有煮好的吗?"户石掀开布帘探头问道。

里面坐了一个小个子男人,像是曲艺场跑腿的小番,头顶溜光,正就着小碟的烧豆腐,急急忙忙地往嘴里扒拉海碗里的茶泡饭。

这个男人用异样的眼神打量着身穿和服礼服的户石。

"鱼糕还得煮一会儿呢,油炸豆腐怎么样?"光着膀子的老板手里拿着粗粗的长筷子和小碟问道。

"行啊,再来点酒。"

"可能有点儿烫。"老板把厚底儿的杯子放在面前,拿白陶酒壶咕嘟咕嘟地斟上。

酒里泛着泡沫,麸曲的气味扑鼻而来。

"老板,钱放这了啊。"旁边的小个子放下几枚铜钱。

"好,找你钱。"

"不用啦,下次我还再来呢。"他趿拉着木屐一路小跑走掉了。

酒里渗着木头的味道,户石忍耐着喝干了两杯。他还点了三份小菜,不过都只动了几筷子。肚子还是饱的。

"老板,你大概都忘了吧。我以前经常来的。"

"诶,是嘛。"老板抬起头来,汗珠发亮。

"我在早稻田那会儿常来你这儿的。不过那都已经是四年前的事了。"

"是早稻田大学吗?"老板正把鱼肉山芋饼嚓嚓地切成三角形。

"天冷的时候吃这个特别好。我那时候就喜欢在这儿喝个三杯再回宿舍睡觉。"

老板"哎、哎"地应声听着,一会儿切菜,一会儿称酒,没有客人手也不闲着。

户石走了出来。他在附近晃晃悠悠徘徊了一阵儿，也没见什么吸引人的玩意儿。他还在路旁昏暗的房子前驻足张望了一下，但也没有进去看看的兴致。

刚才喝的酒都堵在胃部。酒精没有扩散到全身，仿佛只是原封不动地滞留在胃里。

户石在台球房前面叫了辆车，直接回了旅馆。他坐在车上摸了摸衣服，发现已经被露水打湿了。

到住处时已是11点多了。房间门窗紧闭，空气不通，再加上电灯的热量，屋里闷热得喘不过气来。户石打开玻璃窗，光着身子躺在沙发上。

"用不用帮您拿点水来？"一个新来的女佣过来问道。

"我不在时有什么人来找我吗？"

"不，并没有。"

"书信呢？"

"今天没收到给您的信。"

女佣铺好被褥，挂好蚊帐就出去了。

隔了一个屋的六号房间里好像有客人来访。他们开始喝酒了。可以听到阿今爽朗的笑声。那间屋里住的是一位地方中学的教师，是来参加文部省的夏季学习会的，他总是说些出洋相的玩笑话，很好相处，是个有趣的人。

户石光着身子钻进了蚊帐。他从里面调了调电灯，躺成大字形开始读报知新闻的晚报。

读完杂讯，他偶然注意到了第二版的一则小报道。标题是医学士进了收容院，里面用三号标题字体写道，田中某博士罹患自大妄想症，因无亲戚朋友收留，最终于今日住进收容院云云。

户石坐起来按铃喊人。一次不够连按了三次。

刚才的女佣急急忙忙顺走廊跑了过来。

"您叫我吗？"

"叫阿今过来。"

"是要叫阿今吗？"

"快点儿，我有急事！"

阿今走了进来。她身材虽瘦小，却颇具风情，是个温柔的女子。年龄据说是十九。

"您有什么吩咐？"

"赶紧帮我打个电话，非常紧急。"户石摘去了蚊帐坐在被褥上。他这时已经换上了睡衣。

"请问电话是打给哪里呢？"她一本正经地跪坐在

那里。

"打给报知新闻报社,就说是户石要打听一下,今天的晚报上有篇报道说田中医学士进了收容院,那消息到底是否属实。"

"是田中先生对吧?"她似乎对于户石慌张的样子感到有些疑惑。

"嗯,是田中。还有,请帮我开一瓶啤酒拿过来,不需要什么下酒菜。"

"知道了。"她说完便下楼去了。

不一会儿阿今端着一盘烤牛肉,拿着一瓶啤酒走了进来。

"怎么样?电话里怎么说?"

"听那边说好像确实是真的。"

"真的?这样啊……"户石颤声说道。

"是跟您相熟的人吗?"阿今一边倒酒一边问道。

"那是我的老师。他叫田中,是位了不起的学者,本来是可以成为博士的。"

"为什么会住进收容院这种地方的呢?"

"这个嘛,我也不知道。不管怎么说,那可是我读高等学校时的老师,在病理学方面恐怕是日本第一人。"

"是嘛,那真是太可惜了。"

"确实是可惜了。实际上我去年还见过他,根本没看到有那种征兆啊。总之,我打一次电话问问吧,请帮我拨过去。"说着站起身来。

来到电话机旁,户石还是声音很大。他先是打给了收容院,但因为不是上班时间,什么消息也没问出来。

他又打给报社,询问田中学士最近的状况,结果电话那边说他们也是照着发来的材料写的,具体事宜不太清楚。

"可是田中老师是我的恩师。就算是他发疯了,那也肯定有什么非常悲惨的原因。只因为想搞出些吸引眼球的报道,就瞎写些不负责任有失严谨的东西,也太不像话了。请充分调查过后再动笔!"他一遍一遍重复说着。最后报社的工作人员也有点儿生气了,半带挖苦地回答道:"好的,明白了。我们以后一定注意,绝不写不负责任有失严谨的东西。"

"新闻记者实在是没规矩。"户石嘟嘟哝哝地放下了电话。

坐在账台的老板娘从刚才就一五一十听了个清楚。

"这事儿真是太意外了。堂堂的医学士,怎么就这么发疯了呢?"

"不知道,不过一定有很深的内情。"户石无力地耷拉着脑袋。

"肯定是那样没错儿,可是送收容院也有点儿太过分了吧,明明应该还有些什么更好的处理办法啊。"

"这样或许反而比较好。毕竟天才就是要发疯的。"户石不知所云地说了这么一句就咚咚咚地踩着台阶上楼去了。

"欸……"老板娘一头雾水地感到很佩服。

户石拿田中学士的生平逸事做下酒菜,一直喝到很晚。

分别

那是在参加亲戚都泽的法事回来的路上。A氏说明天就要去东京了。我们俩用同一把伞遮着雪,在满地泥泞里择路而行。A氏十三岁,我十一岁。A氏的父亲是药学学士,来仙台的医院工作。

那个时候的东京对我来说,是比梦中的国度还要遥远的地方。

路上我们什么也没说。只是每次脚下用力的时候,手和手会时不时互相碰到。

我们来到了十字岔路口。

"再见。"

"再见。"

"我家离得近,伞就不用了。路上一定要小心点,路不好走,危险。"

"嗯。"我们就这样分别了。

那时我和A氏已是三年的好朋友。

卫星论

一天晚上,我听旧友 M 氏讲述了他的女性观。

M 氏现在是一所私立大学的英语语法教师,有妻子,有孩子,在前辈友人之间也多少受到些尊敬。M 氏和我是高等学校时代的友人,他从那时候就是个极为谨慎正直的人。不喝酒也不打台球,偶尔去听个日场的评书也一定会穿着他那件竖纹的小仓[1]裙裤,不曾离身。话虽如此,可他也不是那种无论在哪个学校都不少见的所谓"勤快人"——那些成日醉心于明信片、花牌和小提琴的窝囊轻薄、令人倒牙的家伙。要说他的爱好,也就是摆弄弓箭和显微镜,再就是有时到太阳地里帮爱犬阿东抓抓虱子了。他有一副惊人的好嗓

---

[1] 小仓布:棉织物,产于日本福冈小仓,结实耐磨。旧用作和服裙裤(小仓裙裤)料,现用作工作服料。

子，在一些月色清冽的夜晚，常顺着宿舍的窗户爬出去，在体操场器械的架子上穿着棉袍躺成大字形，用他那清朗的声音吟咏汉诗。

宿舍的月！如今回想起来依旧莫名感觉沁入心脾。那时寝室里通着暖气，穿得也足够厚实，然而看到如霜的月光透过窗子斜射枕旁，还是会感到一种难以形容的切肤寒意，胸中涌起仿佛漂泊于旷野之中的寂寞之情。就在这时，清朗而细微的吟诗声仿佛教唆的低语一般掠过耳畔。屋内的少年豪杰们也大都睁开眼来，面面相觑，但没有一个人出声。最后大家都摇晃在那声音里，步入清冷的梦乡。全诗的内容已经忘记了，只记得最初两句似乎是"勿作江上月，勿作江上舟。"不——这些跟他的女性观并没有任何关系。

我和这位M氏时隔四年又重逢了。

M氏喝了半升啤酒，陶然微醺地说："我觉得再没有像当今社会这样过分谄媚女性的了,真叫人生气。报纸也好，小说也好，还有其他一切，好歹也是在当今世上有些势力的，全都跪倒在女性面前不是吗？女人是什么啊。就好比地球有月亮来守望黑夜聊以慰藉一样,女人不就是为了慰藉咱们男人而存在的卫星吗？

就好像月亮反射太阳的白光向地上的黑暗投来柔光一样，女性只有依赖男性的权威时才有其存在的实质。没有太阳的话就看不见月亮！没有男人的话女人是无法生存的。月亮绕着太阳公转是因为它从属于地球。然而如今的男性却期望女人有人格，实在是愚蠢至极。把女人划分到人类里面，是从前动物学者的谬误。"

"等一下。我根据你的观点发现，多妻主义乃是一大真理。"我开玩笑说。

"怎么讲？"

"是这样。如果女人是卫星——这是你的理论——金星有六个卫星。那我们应该也可以有六个妻子嘛。"

"当然，动物很多不都是多妻主义嘛。"M氏一脸认真地把我们跟鸡、羊划为了同类。而且他还说："作为证据，你可以研究一下历史，看看女人是怎么被创造出来的。这样你就更能明白我的观点了。"接着他引证了旧约全书的创世记，也就是第三章所写的：于是耶和华神使亚当沉睡，于其睡着时取下他的一条肋骨，又把肉合起来。耶和华神就用亚当身上所取的肋骨，造成一个女人，领她到亚当跟前。亚当说，这是我骨中的骨，肉中的肉。

M氏接着说："看吧，历史充分证明了这一事实不是吗？女人说到底是亚当的肋骨，哪来的什么人格！所以我对恋爱这东西也有自己的意见。假设男女之间存在恋爱这种东西，那也只是男人去爱为自己排解寂寞的女人。把女人爱男人称作恋爱简直僭越至极。无论在什么情况下，女人都不该有主动的行动。女人只要等着男人喜欢上自己就行了。男人则是不用管对方怎么看自己，只要自己看上对方就足够啦。说到这一点拜伦之流简直就是无可救药的蠢货（恋爱就如同天平，彼此相爱时虽能保持两臂平衡，但若是量有不同，必然会动摇不止）。这是什么蠢话！——不光是拜伦，诗人啊学者啊这类家伙大都抱有类似的谬想，尽讨好女人，实在讨厌。不得不说他们辱没了男人天赋的权威，损害了男人自然的威严。"

后来我遇到另一个友人时，跟他谈起了M氏的奇特理论，结果那个友人付之一笑，跟我说："非也，非也。别看M氏那个样子，他家里可全是老婆做主。在他那位亚当肋骨老婆面前，他简直一点儿权力都没有。"

我到现在还是很迷惑。

女
人

"是啊,那话我当然是说过。"女人平静地说。

"当然是说过?"青年眼神逼人,"你是在捉弄我?"

"哎唷,何出此言呢?"

"当然是在捉弄我了,昨晚你是怎么说的?明明立下那样的海誓山盟——现在却——我也没必要再说什么了。请你自己问问那个戒指吧。"

"是指你吻我手指的事吗?"

"那时候是谁靠在我胳膊上,为了我的爱欣喜落泪的?装傻也得有个限度。"

"昨晚你恳切地对我说那些话的时候,我真的是非常开心,从心底里感谢你呀。"

"你这人简直就像个女演员一样,玩弄别人真挚的感情。"青年低声说。

"可是,那时我们不是在电灯底下吗?暖炉和人群的热气都快把大厅蒸透了——又是香水又是花香的，简直让人感觉像喝醉了一样嘛。"

"那么，你是想说自己是迷醉在昨晚的人群里，才立下了那种言不由衷的约定吗？"

"不是的。"女人边说边站起身来，打开窗户，指着万里无云的四月天空，"请看看外面吧。天空是那么澄净，还有风儿吹、鸟儿鸣，舞会的空气跟这完全没法比不是吗？"

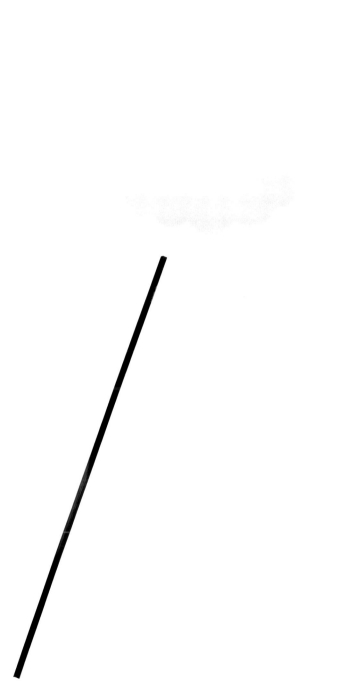

那古日记

7月9日 晴

略微有些宿醉。据说中沟君一早来过，我也未曾发觉。

出门去驹田屋剃胡子。最近被嘲笑说爱打扮了，或许确实如此。这时中沟君提着杨梅来访，说是刚去了杂色村回来。似草莓，略酸涩，相当可口。一升二三钱。我问有否贩售到东京，他说这水果用船运容易坏，所以无法出货。不知能否做成果酱之类。

镇上的年轻人上门来推销下个月玛琪（祭典的方言说法）上穿的统一样式的浴衣。买一身花了一元二十钱。此外还捐了五十钱。在镇里算巨额捐款，大概可以引以为傲了。他们临走时还拜托道祭典上务必请老师（指我）也去拉花车。

下午无所事事，连海边也没去。

晚上写了七八页小说。给龟一的父亲寄了一封信,内容是关于那孩子的将来。

同10日 晴

收到灵华君的明信片,说是在小川亭听了升之助①的表演,回家路上开悟剃了个光头。

上午干活。

下午读鸥外竹二两人翻译的《折蔷薇》。自己都为自己耐性之差感到无语。一次连五十页都不能卒读。

小林君也没有来。九点左右就寝。先是山田屋的女佣来拿酒起子,后来是田村屋的阿松从楼下路过,我先后被吵醒两次,到三点多还迷迷糊糊的。

同11日 晴

9点多起床。收到风叶氏寄来的明信片,上面说他和花袋②氏去利根川一带游玩,前天才回东京。把原稿寄给新潮社。

---

① 丰竹升之助:义大夫调的女性表演者,大阪出身,与丰竹升菊姐妹二人一起演出。东京神田的小川亭是她们的主要表演场所之一。
② 田山花袋:日本小说家,原名田山录弥,曾师事尾崎红叶等人。1907年的中篇小说《棉被》,以露骨的情欲描写而引人注目。与岛崎藤村等并列为自然主义文学的代表作家。

傍晚遇到小林君。他在带着孩子散步。我们一起翻过观音山转到川名一带。回来后澡也不泡直接吃饭。

8点左右小林君再次来访。我们点了寿司，喝起了啤酒。柳子和御玉随后而至。或许是身体原因，一直没有醉意。

12点，三人一同告辞。就寝。

同12日 晴转雨

丸善寄来了世纪词典的样本。另有红绿氏①来信催稿，必须早日写完交差了。信中他担心我说："住得太久会产生感情，还是尽快回来吧。"我回信说已经产生很深感情了。

下午细雨如烟。暑气尤甚。我到山田屋冲了个凉，坐到桌前。首先补写前三天忘写的日记。

风叶氏寄来包裹，里面有《青春》春夏两册、帝国文学和其他杂志。我叫人把《青春》给小林君送去。

秋声②氏也寄来了明信片，说零用钱两三天内就会寄来。着实让人望眼欲穿啊。

---

① 佐藤红绿：日本作家，俳句诗人。
② 德田秋声：日本小说家，本名末雄。

浓雾深锁,山海尽皆不见。雨丝风片,不快难以言表。工作也觉得讨厌。钻进蚊帐读樗牛全集第五卷的书信部分。读至悼念亡弟良太氏处,无端想起阿郁临终时的情景,潸然泪下。

熄了灯,为小说《××》打腹稿。

同 13 日 雾

虽然未曾见过有名的伦敦大雾,不过大概也如这般浓重寒冷吧。老雕刻家卡米恩死去那天或许也是这样的天气?我的膝关节隐隐作痛。

什么都不想做。

读了易卜生的《博克曼》[1]。

同 14 日 细雨

今天也有雾。龟一家中寄来了回信。信上说一切进行得都很顺利。我囊中只剩七钱,要是晚上买了煤油就连信都不能寄了。心中甚是没底。

有人斜撑着伞从楼下走过。不知是谁家孩子。

给草野柴二写信写到一半就停下了笔。昨晚也是

---

[1] 《约翰·盖勃吕尔·博克曼》,易卜生作品,写于 1896 年。

如此。等他处女作完稿后再写不迟。然而还是好想念朋友啊！没有钱也没有酒，这种时候除了思念旧友也没什么办法。

从山田屋借了三元。

千代本的达雄来玩。聊了些游泳的事就回去了。9点多，就寝。

新潮社发来了催稿的电报。反思自己太过懒惰，深感惶恐。

同 15 日　雨

雾很浓。真不知何时才能放晴。

中沟君来访。共进午饭后我强行挽留他闲聊。我讲了小说《××》的梗概。他听后似乎真心感到佩服。这次的构想着实有趣。真想快点写完，好叫他们大吃一惊。

红绿氏来信写道：

"昨天妻子分娩，生了一个女孩。只活了两个小时，就由幽冥界来又到幽冥界去了。产后的情况不太好，很是为难，女佣也找不到，甚感困顿。你也在为病人操心吧，早些回来。"

最麻烦的还是产后情况不好。如果她长期卧床不起,首先红绿的身体就该挺不住了。衷心祈盼她早日痊愈。我马上发了回信。

晚上等小林君,他没有来。读《博格曼》,读了不到三页就累了,于是作罢。构思《×××》。此外一切如常。

同 16 日 大晴天

终于放晴了。心中愉快难以言表。风势强劲,涛声响亮。

风叶氏寄来了自己画的明信片。上面画着风叶氏、凛平先生、灵华君三人在岐阜灯笼下面高举酒杯,写道:

"来东京一趟吧!今晚是十四日盂兰盆节,我们三人在外廊房檐下点起岐阜灯笼,斟满啤酒,举杯遥祝你身体健康!

风:'那古一定很冷清吧?'

灵:'不,那并非误诊!'①"

---

① 这句话与上下文无关,看起来也许有些突兀,不过单引号中的内容是三人分别写在明信片上的寄语,所以可能是灵华君对作者此前书信的回复。原文为"あれは誤診じゃありません","あれ"是指双方都知道的事项,"誤診"上还加了着重号,故可推测作者曾问询某病是否为误诊。

凛:'我也想用那古的海浪拂去这身汗。我还梦到了你别墅的样子。'

另外,威士忌是小山君文章入选《河北新报》的礼物。"

情深谊厚,难以言谢。谢、谢、谢。

中沟君拎来了桃子。形状像天津水蜜桃,大小如拳头。冰镇了吃,美味无可形容。

北条的照相馆来借用房间,要拍观音山。我买了明信片。

可能是桃子吃多了,晚饭有些吃不下。

晚上,小林君来访。我让人去千岁屋看了看,但因为渔获量少,什么吃的也没有。没办法,只好就着牛肉和什锦酱菜罐头喝起了啤酒。柳子和御玉又一起来访。御玉先回去了。小林君又犯了老毛病,对××君大加批评揶揄,一副消沉的样子简直好笑。

12点左右,他们俩也回去了。就寝。三十分钟后,阿松来接姐姐回去,也不知是发生了什么事。

同17日 晴

早上4点,我梦到有蛇爬过肚子被吓醒,发现不知从哪误闯进来一只小鼠,迷失了出口,正贴着蚊帐边乱转。大概是被昨晚罐头的香味吸引过来的吧。我觉得很有趣，就把它放走了。

丸善寄来了商品目录。田村屋送来了越瓜酱菜。

午饭后难得地睡了个午觉，大概两个多小时。

达雄拿来了游泳的书，但因为龟一不在，马上就回去了。

接下来收到了风草君从一之宫寄来的信。信里还附上了书斋和院子的简图，看样子甚是得意。他一定在动些小心思了，只是这样想想我就不禁独自笑了出来。不过，房子确实是很不错的。

入浴后，叫人买了桃子来吃。

读樗牛全集第四卷，然后又构思小说《××》。

今天万朝报上的新郎新娘专栏里刊登了旧友山口十八君的照片。他好像比我大三岁吧。

同18日 晴

三越百货寄来了《时好》。

天气甚热。我不服输的劲头上来,流着汗读莫泊桑。意外进展顺利，读了一百多页。只要去做还是能做到的。

楼下的房间借给了镇里开商讨会。镇长千岁屋老板气势汹汹地指责镇民们接待避暑客不热心，我深感同意。而联想起东京市的外宾接待论，又颇觉好笑。

10点左右小林君来访。我们喝起了啤酒。感觉不够尽兴，又一起去了上总屋。加须谷君正好也在，三人一同畅饮。大醉。我由小林君扶着回去的途中掉进了污水沟。

（明治四十年七月，于房州那古）

三等车

从上野出发时还并没有怎么样。冈野还和平时一样，精神奕奕，兴致勃勃，跟前来送别的朋友们有说有笑。春色尚浅的 3 月某日，冈野要坐早上 7 点发车的海岸线回故乡仙台了。这刚好是他离开故乡的第六年。这一日自拂晓开始，天空下起了雨夹雪，寒冷的细雨静静飘落。

大家在三等候车室的大钟下聚齐了。

"怎么样？真到要走的时候，还是会觉得舍不得吧？有没有？"朋友中有个人说道。他名叫田中，是早稻田大学学生，孩子气的脸上生着薄薄的髭须。

"谁舍不得啦，我这可是回故乡啊。怎么可能会留恋这堕落的东京，我早就腻烦透了。"冈野这两三天都彻夜喝酒，舌头早已粗糙干裂，他呸地一口将大和的烟袋油子吐在了水泥地上。

"不是腻味了,是累了吧。"田中这张嘴还是那么不饶人。

冈野也苦笑了一下:"或许是吧。总之在哪都一个样。"

"哪能一样呢,是吧千叶,就比方说德子小姐的问题吧。"田中跟另一个朋友一同笑了起来。那人穿着仿大岛绸的和服,外面罩着长披风,下巴很长,脸色苍白。他从明法[①]毕业,现在在某报社做外勤记者。

连这个千叶也用他那指甲又黑又长的手指捻着下巴的胡子说:"你早晚会想哭的,冈野,等真的分开了之后。"他说话总爱装腔作势。

"胡说,开什么玩笑。"冈野仰面笑了起来。

"不是,别看你这个样子,其实意外单纯。"千叶愈发从容。

"别扯了,无聊。甩了我的女人我才不会留恋。我回头就再找一个娶了,生一堆小孩儿看看。"

"你也就那么想想吧。不过不开玩笑地讲,德子小姐真是美人。对冈野来说本来就难度过高了。"田中

---

① 明法寮:建立于明治初年的法律学校,东京大学法学部的前身之一。

又从旁多嘴。

"瞎说,瞎说!"冈野有点着慌,接着像是要把话岔开,招呼身穿窄袖和服默默站在旁边的十三四岁少年说,"阿贤,久等啦,很冷吧?"

少年微微一笑,低下了头。他小心地抱着冈野随身带的包裹。里面装的都是些拿来做礼物的花簪、饰带等易坏品。他是冈野寄宿多年的人家里的次子,今天请假没去上学,特地来送行。这孩子性格内向拘谨,特别擅长吹口琴。

冈野摸着少年的头说:"咱们也要有段时间见不到了。不过你会偶尔给我写信的吧?"

孩子点点头,抬头看着冈野。那双眼睛睫毛浓密,目光柔和。

"今年该上初中了,准备去哪啊?早稻田?"冈野蹲下来问道。

"现在还不知道会去哪。"少年低下了头。

"既然要读,还是读公立的好。读私立的话到以后都会吃亏的。"

"奶奶说最好还是去读……"贤治看着自己脚下,吞吞吐吐地说。

这时,突然有人从背后拍冈野的肩膀说:

"喂,听说你到底要回去了啊。"声音很粗。这是冈野从小的朋友,法学士,现任见习外务省事务官。父母家是仙台有名的酒坊。听说最近他要自费去留学了。跟高高瘦瘦的冈野相比,他膀大腰圆,健硕的体格仿佛剑客,看得出来他很急,正呼哧呼哧地喘着粗气。他戴着流行的窄檐礼帽,穿着厚呢绒外套,腋下夹着银把手的黑布伞,用大烟斗吸着香气很重的海军烟叶。

田中和千叶跟他不熟,特地离开几步,到检票口附近时不时向这边望着。少年也有意回避,退到了稍远处。

"你也够过分的。为什么不通知我一声啊?我是昨天听三好讲了才知道的。"年轻的学士掏出丝绸手帕擦着脸上的汗珠。他大概是下了电车一路跑过来的。

"有什么好通知的啊,反正我出门流浪又不是什么稀罕事。"冈野笑着说。

"可是,不是说你这次回去后可能就不会再来这边了吗?"

"嗯应该是不会来了。回了老家我要在老房子养点儿鸡,舒舒服服睡大觉了。下次再见到时我肯定能胖一大圈。"他大概是忘了自己曾经跟学士说过,那个老房子早就已经被卖掉了。

"那倒也是。你家里人多,肩上的责任跟我们不一样啊。多少尽点孝心也好,你母亲岁数也挺大的了吧。"

"家人什么的说到底都是牺牲品啦,我连想都没想起来过。"他挺起胸,伸出右手,习惯性地比画了个拉弓的姿势。

"不过也不能光这个样子吧。还有,文官考试怎么办?好不容易都准备了,再考一次看看怎么样?"

"没用的,我再考几次也不可能考上。"

"怎么突然讲这种泄气话。"

"泄气也正常吧,我好歹也是失恋之人啊。"冈野忽然抖着肩高声大笑起来。

"对对,这事我也听说了。怎么回事啊,那个叫什么德子的?"

"她嫁人啦。"

"是嘛。"

"山手线就要发车了。日暮里、池袋、板桥、目白……山手线就要发车了。"老列车员用粗哑的声音通知着,笔直地穿过候车室。检票口打开,乘客们向那边蜂拥而去。"还有十五分钟了。"千叶返回来,跟学士略一点头,借了火柴又到那边去了。

冈野忽然想起了什么,说道:"对了,我都给忘了。之前那个钱,就是年前那次跟你借的钱,当时说了下次还,可后来钱又叫我用掉了。你再等一等,我一定从老家给你寄过来。"

"没事儿不用啦,有啥好还的。"

"要还的,你要这么说可就让我为难了。"

"我一开始就没指望往回要啦,因为借的是你嘛。"学士一边笑一边从口袋里掏出金表看了看,啪嗒一声合上了盖子。

"肯定要还的。要是因为那么点儿钱被说三道四的,不划算的是我。"冈野的语气多少有点儿激动。

"嗯,你随意喽。"学士并没怎么放在心上。

两个人稍稍沉默了一会儿。学士慢悠悠抽着烟,冈野又把放在椅子上的竹行李重新捆了捆,仿佛到了这会儿才想起来似的。

田中和千叶都靠了过来。对话一时热闹了起来。冈野忽然显得很兴奋。然而,兴奋得总有些不太安稳。学士大体上都在嗯嗯地听着。

"已经开始检票了。"贤治过来告诉说。四人也一道跟着来到月台送别。行李由大大咧咧的田中帮忙拿着。

"这车里好脏啊,所以我才说让你坐直达嘛。暖气也不热。"田中说着把行李放在了脏脏的长椅席子上。

"这就行啦,反正是要一路睡过去的。"冈野在带有油渍和烧痕的长椅上铺开了有点脏的白毛毯。

贤治踮脚探到车窗边,像怕人听见一样小声说:

"冈野哥,这个你拿着,这是我奶奶做的。"说着拿出一个用旧报纸包的包裹。

"谢谢。"冈野拿在手里打开一角往里看了看,"是海苔卷啊,谢谢,替我好好跟奶奶道谢。"

"好。"少年小声回答道,羞红了脸。

"阿贤,还有,可别忘了给我写信哦,咱们可是在同一口锅里吃了三年饭的。"

"嗯。"贤治低下头,眼里含了泪。

"挺冷的吧,围上这个回去吧。"冈野见贤治连细筒裤都没穿,于是把自己围着的白毛线旧围巾解下来递给他。他衬衫胸前的纽扣已经掉了,穿着一双厚齿的大木屐,像是他哥哥的。

"不,不用。"少年紧张起来,连忙向后退去。

"这个是我不要的啦。虽然旧点,也总比什么都不围好吧?"

"围上吧。"田中接过去递给了少年。

"谢谢。"少年虽然道了谢,却是一副不知所措的样子,几乎想要哭出来。

学士靠近窗边说:"反正照你的性子,说不定哪天待腻了又会跑出来,到时千万告诉我一声,你的事我肯定会尽全力帮忙的。"

"嗯,有劳了。"冈野心不在焉地回答道。

"那替我给你母亲还有大家带好喽,虽然到了夏天我也会回去。"

"好。"

学士离开了车窗边。

穿着雨披的副站长沿着一节节车厢外巡视完毕,马上就要打发车的信号了。田中和千叶也退开两三步,把手搭在帽檐上等待着那一刻的到来。

"喂,喂!"冈野招呼学士说,"我跟你借了三十七元是吧,算上上次的五元。"

"不用啦,这点小事。"

"我马上寄给你,两三天内肯定寄给你。"

火车哐当一声摇晃着开动了。

这阵子的早班列车乘客很少。人们大都等着坐11点的直达列车。这节横贯式的老旧车厢里坐了不到十个人。前后的包厢都空着。冈野对面坐的是一对母子——看起来像乡下的有钱人。儿子二十二三岁,像是患病之身,老早地从包里掏出《东京公园》①埋头读个不停。他还时不时一个人偷偷笑出来,露出小小的牙齿。他头发细而稀疏,毛孔明显,眼睛泛青,脸颊细长。不难看出,他是因为呼吸器官异常而到东京治疗。他身上鼓鼓地裹了好几层棉衣,弓着背坐在毛毯上。母亲则胖墩墩的,脸颊红润,下巴硕大,看起来粗鲁而性急。在乡下经常能看到这种寡妇气质——要细说就是那种丈夫死得早的妇人,一面拉扯着体弱多病的儿子,一面独自操持家里的大事小情,常常被邻居们称赞巾帼不让须眉什么的。

儿子一会儿要苹果,一会儿要橘子,都让母亲扒好皮,一边吃一边只顾读杂志。母亲则每到一站都会倍感新鲜地朝车窗外东张西望,一个人吵吵着"噢,

---

① 日本最早的彩色漫画杂志。

到三河岛①了""到千住②了"。听口音,应该是中村③或者平④那一带的人。

冈野把毛毯包在膝盖上,望着外面发呆。外头的雨越下越大,好似一层薄雾。他打开了为路上准备的威士忌,但也无心去喝。

为了等去东京方向的列车错车,火车在千住车站停了很久。大概有二十分钟吧。那位母亲频频从车窗探出头去,担心地说:"怎么回事怎么回事。"儿子眼不离书,只说:"这就来啦。"

车站的栅栏外紧接着就是大路。路被雨水连续搅拌了两三天,往来的行人像蹚在水田里。路对面有一家乡下茶棚,拉门上用红漆写着"牛肉"二字,里面昏暗的泥地房间里有两三个像是搬运工的男人在喝酒。房顶沉甸甸地弯着。

去市场的送菜车啪叽啪叽地穿过泥泞。一辆,又一辆。车上带有泥土气息的菜薹堆成小山,女人在后

---

① 车站名,位于东京都荒川区西日暮里一丁目。
② 东京都足立区的町名。
③ 位于茨城县真壁郡,现名筑西市。
④ 日本福岛县东南部磐市的中心地区。

面推着走。大都是年轻姑娘,戴着红边草笠,穿着黑色衬袄,缠着护手和绑腿。

  一个留着平头,看起来像是工人的年轻男人,扛着油纸伞站在栅栏边,呆呆地望着火车。看着像是早上起晚了,工厂也去不了的样子。他看起来有点儿冷,揣着手一直伫立在那里,光脚穿着高高的新木屐。他好像并没意识到这边有几百人在看着自己。冈野没来由地想,这张脸会永远留在自己记忆里了。这样一想,又觉得再也见不到这张脸还莫名有些寂寞。

  冈野无意中想到了什么,朝后面看去。从这里望见的都市,只不过是一片丘陵和森林。从谷中①到杂司谷②一带,绵延不绝。烟雨朦胧中,近处的丘陵黑一些,远处的则淡成灰色,依稀可见。那姿容仿佛在静静地睡着。很难想象那当中就是那炫目的、像磁针般摆动不止的、激烈、华美、高速运转的大都市。无论怎么看,都是静谧的睡姿。很难想象那就是电、煤、铁融合而成的大都市。东京的背影就像这样映在冈野眼中。

---

① 东京都台东区地名。
② 东京都丰岛区的町名。

无意中，他眼前又浮现出六年前初次看到这一姿容时的情景。那时他还是个二十五岁的青年，野心蓬勃，血气方刚。内心跃动不止，感觉自己必须要征服看到的、听到的、摸到碰到的一切。他声称就任性这一次作为自己将来养家的补偿，不顾母亲强烈不满强行卖掉了田地，甚至还放话说让家里办个葬礼就当自己死了，夸口要是过了五年还没混出个样子就再也不跨进这个家门，毅然背井离乡。那个时候，他一望到这大都市就已是心潮澎湃，默念着"马上！马上！马上！"独自在火车里握紧了双拳。

自那以来，已经过了六年。时隔六年，冈野现在要回故乡仙台了。他坐在三等列车的硬长椅上牢牢抱起了胳膊。然后决定什么也不再想了。

时间到了，火车又动了起来。冈野开始一点儿一点儿地喝着威士忌，入口发苦，倒有点像汤药。他从早晨起就什么都没吃，肠子咕咕作响，烈酒像水一样顺喉咙而下。

那位母亲从刚才开始就一脸不可思议地看着他，好像是觉得方形的瓶子很新奇，问道："那玩意儿到底是什么啊，是酒吗？"

"嗯，算是烧酒吧。"

"啥味道的？是不是甜的？"

"怎么样，来一口？"冈野把用作酒杯的金属瓶盖递了过去。

"那你倒这里头一点儿吧，就一点儿噢。"她拿出在上一站买的素陶茶杯接了一点酒，然后战战兢兢地舔了舔，突然抿紧了厚厚的嘴唇，用袖子边擦嘴边说，"不行不行，太辣了没法儿喝，这玩意儿亏你能喝得下去啊。"

以此为契机，两人东拉西扯地聊了一会儿。那位母亲一边说一边从自制的信玄手提袋里拿出些仙贝和橘子让冈野也吃点。不出所料，他们是平的农户，此前是去大学医院给儿子治病。

"你妈妈身体还好吗？今年多大岁数啦？"

"已经挺大年纪了。"

"你爸爸也过世啦？我家这也是，七岁那会儿他爸就没了，是我一手拉扯大的。你也要好好孝顺你妈哦。当妈的一个人把个孩子拉扯大，可不是一般的不容易。不过，你家还好啦，毕竟你身子骨结实。像我家儿子这样的，就跟养了个吞金虫似的。"

"说我是吞金虫呢。"儿子毫不介怀地笑着。

冈野最初还陪着她聊聊,后来实在受不了她啰啰唆唆说个不停,最后索性闭上嘴不去搭茬了,只是咕嘟咕嘟地喝着酒。

那对母子在平下了车。冈野又变得孤身一人了。

越往北走,雨下得越大,雨里夹的雪片也变多了。湿气穿透鞋底,小腿感觉要浮肿起来。方酒瓶已经空了将近一半,他却非但没有醉意,反而感到阵阵恶寒,只有脸上还算有点发热。腰以下直打寒战,关节也像在抽搐。想睡也睡不着。而且心情异常消沉,被一种难以言状的不安侵袭。坐着不动就怎么都觉得好像在沉入深深的坑底。就像烛火一样,如果不时常拨拨烛芯就会暗淡下去。冈野靠在窗上,几乎目不转睛地盯着自己脚面。有时他又像忽然想起来似的打开窗户,任由吹进来的雨滴打湿眉毛,茫然眺望外面的景色。

在富塚站,一个挂着青竹杖的劳动者上车坐在了冈野对面。他穿着军队的旧外套,围着脏兮兮的褐红色围巾,只带了一个小包裹。脸已被黑暗和煤烟染得浑浊,眼睛一个劲儿地眨着,好像总觉得很晃眼。他说他此前在三星的煤矿工作,由于痢疾风湿病混得吃不开了,所以这次准备流落到夕张①的煤矿去碰碰运气。

冈野莫名觉得感同身受,把半路上补买的正宗②递过去请他喝,矿工一面推辞说使不得使不得一面喝了个够。醉了。然后便唱起了歌。

"当官的吃米,当兵的吃面,坐牢的四六分③,俺吃干菜饭。"

冈野抱着胳膊听着。

雨依然下个不停。而且逐渐带了几分雪的气息,过了中村的时候,已经有白羽毛似的雪在雨里纷纷扬扬了。过了亘野④就是有名的岩沼⑤开阔地了,平坦的田地一望无际,在灰暗浑浊的奥州⑥天空下广漠地铺展开来。沿途村庄的防护林里也大体都是结了霜的杉树,很少混有赤杨和枹栎。茅草苫的屋顶全都被雨水腐蚀得脏兮兮的,不知为何屋内看起来也又暗又潮。

---

① 夕张市:位于北海道中部,夕张山地以西。原为石狩煤田的煤都,人口曾一度超过十万,封矿后锐减。
② 一种日本酒的品牌名。
③ 以前囚犯吃的饭是四成米,六成麦子混在一起煮成的。
④ 地名,位于日本宫城县。
⑤ 地名,位于日本宫城县南部,阿武隈川沿岸。
⑥ 日本旧时的陆奥国,文中指整个日本东北地区。

到达仙台时是下午5点，冈野跟矿工道别下了火车。只有妹妹一个人来接站。她脖子上围着紫色薄毛呢防寒头巾，哆哆嗦嗦地把脸凑在栅栏边。因为要拿行李，所以冈野自己雇了个车先回去了。

"啊，冻坏了吧。"明显衰老了许多的母亲来到大门口迎接，早已激动得老泪横流。

"我回来了。"冈野把行李丢在一边，咕咚一声坐在炉旁。身体已经彻底蔫了，就好像因为长途旅行而疲惫不堪的人一样。他软弱无力地垂着双肩，连说话都觉得吃力。

"我记得你喜欢喝，就做了纳豆汤。也有酒。"母亲进到昏暗的厨房里，丁零当啷地准备着饭菜。穿着厚棉花坎肩的背影看起来格外老迈，年轻时装的全副陶瓷假牙很是显眼。

偏房的佛龛上，父亲的牌位前点着灯火微弱的小灯。

妹妹他们也拂着袖子上的雪，从车站回来了。在昏暗的煤油灯下，母子兄妹一家四口时隔六年又坐在了同一桌简陋的饭菜前。母亲和妹妹都倍感稀罕地跟他说着话，频频问一些东京的事啊什么的，但冈野却冷淡地不理不睬，没一会儿就叫妹妹去铺被子。

"这都好不容易准备的，再喝一杯怎么样啊。她们也都一直盼着你回来呢。"母亲有点失望。

"我身子好像有点不舒服，今晚就不喝了。"

"这么说起来你脸色还真是不太好，穿太少了吧。哎，你去把妈妈的棉睡衣给你哥拿来。"母亲对妹妹说道。

"我这就睡了。明天再说，明天。"冈野站了起来。然后到里屋钻进了妹妹给铺好的床铺。

尽管如此，在他换好睡衣，舒展地躺进厚厚的棉被里之后，冈野还是回头看着妹妹发自肺腑地说了一句："啊啊，真感觉又活过来了，不管去哪都不如自己家里好啊。"

过了一会儿母亲去拨灯芯，只见冈野一只手露在棉被外，呼呼地小声打着呼噜，酣睡得不省人事。

"总是这个样儿，所以才会感冒的啊。"母亲一边抱怨着一边把他的手塞回到被子里。即使这样，冈野依然睡得很熟。

外面的雪无声无息地下着。

"明天要积得很厚喽。"母亲把防雨窗打开一点儿，向外面望着。竹丛沙沙作响。

枕边

一

　　我收到了武内用电报汇票寄来的××报社的二十元稿费，那是我从东京出发时就吩咐过他的。出门在外没带印章，因此我请旅店店主帮忙证明才得以签收。然而O君的那份还没有寄到。应该有某报社和某妇女杂志社会寄过来，因为稿子早就已经发过去了。没有那份钱，我们俩的旅店钱就要成问题了。O君觉得对我过意不去，这回又联系武内请他帮忙催一下。而且联系了两次，一次用明信片，一次用电报。然而，武内那边还是什么回复都没有。

　　明早就该寄到了吧？晚上就该寄到了吧？那小子粗枝大叶的，可能悠哉悠哉地办了普通汇款吧？我们这样那样猜测着，到今天整整等了三天。还是音讯全无。

今早送邮件的时间也已经过了。

"喂,我今天无论如何也要回去了。回去之后我马上让他用电报发过来。"我打定主意,跟 O 君讲。

那是 12 月 17 日。我们俩很晚才吃过早饭,坐在向阳的外廊边喝茶。这天风难得地停了。山茶花纷纷散落在院子里的红土上。

"可是,就算回去也干不了活吧。要是只剩十二三页了,还是在这儿写完比较好啊。"O 君蜷着背抱膝而坐,吧嗒吧嗒地抽着卷烟。刚起床还有些惺忪的眼睛似乎被烟熏得很难受。

"我到了东京之后,当晚在武内的住处通宵也要把它写完。"

"回去就租房子吗?"

"房子野泽和武内他们俩应该已经找好了。"

"是吗?"O 君也不好强留我。

我们为了写新年的稿子,四天前,也就是 13 日晚上,突发奇想一起来到了镰仓。可是这边风土新鲜,而且日头又短,所以工作连预计的三分之一都没有完成。我的构思换了三四次,终于写完了四十页里的三十页。O 君只写完一个七八页的短篇,长篇的连载还只字未动。

两人都干着急，到了晚上也不怎么喝酒。顶多有的时候为了消食下两三盘围棋。我每天都把做的事一丝不苟地写在明信片上，报知给武内。不喝酒这事写起来尤为自豪。

自己一个人先结账也感觉有点怪。我决定给O君留下大略估算的旅馆钱，自己开始归拢原稿和杂记簿。店主那边也打过了招呼。

就在这时，一个肤黑齿白，身穿真冈[①]棉织家徽和服，剃着寸头的青年赤脚顺外廊走了进来，蹲在外廊说：

"您就是M先生吗？是武内君让我来的。"

我一边换衣服，一边把他领进房间问道："武内怎么说的？"

他说："武内说他太寂寞了，想请老师马上回去。我是正好要来这边的朋友家，昨天去武内那里告别时他跟我这么说的。我叫三上，是武内君的朋友。"

---

① 真冈市，位于日本栃木县东南部，鬼怒川东侧。以真冈棉织品的产地而闻名。

没听说那个武内还有朋友。迄今为止一次也没见过他跟人像朋友那样来往。听三上一说，果不其然，他们是名古屋时代某地方杂志上未曾谋面的朋友，两三天前才彼此得知对方在东京的住所。

光听这位叫三上的青年讲，也搞不清具体是怎么回事。只知道武内说这两三天来发冷很严重，昨晚盖了好几层被子也还哆哆嗦嗦直发抖，后背跟木板似的。他还说什么"总觉得身体情况有点奇怪。""或许在东京是拼搏不成了。""老师不在我好像就要死了。"当然从前天就开始吃药了。

"尽说些大话。他要跟谁拼搏啊？去跟巷子里的土狗拼算了！"我忍不住捧腹大笑。不过，这时我无意中想起来，大概七天前，他一脸担心地向我问道："我连续两晚盗汗了，该不会是哪里闹毛病了吧。"

"注意一点，可以吃些牡蛎。那东西专治盗汗。"我告诉他说。

"现在我还是寄宿生活，所以不行啊。老师，您快点自己租一间房子吧。"

"好的好的。"我宽慰他说。

"嗯，嗯。"他深深地连连点头，那秀美的脸、秀美的眼睛都在熠熠生辉。回应我的话时他总是这样的表情。

O君和三上君送我坐上了下午1点出发去新桥的直达列车。路上我从雪下①的书店买了一册《太阳》②的临时增刊揣在了怀里。

"再见,回去后务必马上用电报汇过来啊。"O君在月台上再三说道。

二

到达新桥时是下午3点。我为了O君先绕到××社又绕到××社,在牛达见附③下电车时天色已经微暗了。

我在一家西餐馆吃过晚饭,一看钱包里面只剩不

---

① 不详,或为地名或书店名。
② 《太阳》是日本最早的综合性杂志。博文馆刊行。明治二十八年(1895年)创刊,刊载过高山樗牛等人的评论文章,对大正时期的论坛有很大影响。昭和三年(1928年)停刊。
③ 牛达:东京都新宿区的地域名之一。牛达"见附"是指位于此处的哨所,曾是江户外城的一部分,现位于千代田区。

到两元的零钱。我到红屋去买了一元钱的西洋糕点做礼物，装在盒子里包好。

我让车子停在了东榎町①的出租屋荣进馆。刚要打开入口的玻璃拉门，太田君就从里面随便趿拉上一双木屐跑了出来。

"您过来一下。"他低声说着，把我带出屋外。声音在颤抖。

"怎么回事？"

"现在他还在发作呢。您电报看了吧？"

"不，没看见。"

"他今早开始严重咯血，咯的量相当多。您要是冷不丁进去被吓到就不好了，所以我先跟您说一声。不过，还好您回来了，我自己一个人正不知该怎么办呢。"

"野泽呢？"

"正照顾病人呢。"

"那你给我往镰仓发的电报上是怎么写的？"

"武内咯血，速回。除这以外也不知该怎么写了啊。"

我的腿直哆嗦，木屐都快穿不住了。

---

① 东京都新宿区的町名。

太田君现在正想给武内的老家发电报,我先把他拦下了。然后我本想去武内的房间,却得知房东因为害怕传染把他的房间移到了楼下,于是由太田领着往那边走去。

"出租屋房东实在是太无情了。还说让赶紧搬出去呢。"他在我耳边小声说。

房间紧挨着楼梯下面,我们拉开了门。里面很暗,武内一半身子露在被子外,面朝里躺着。野泽坐在褥子上帮他揉着背,抬头朝我看了一眼,紧蹙的眉头像是在示意着什么。

"怎么啦,武内?"我故作轻松地说道,揣着手笑着凑到他枕边。

病人抬起头来看着我。他两颊通红,汗水津津,柔软的眼睑看起来有些肿。我想他该不会是面朝那边一个人在哭吧。

"老师,血。"他小声说着,垂下脸去。他的衣服从肩膀到领口都沾满了血迹。枕头一侧,糊着报纸的墙边,放着两个菠萝罐头的空罐子,里面都盛了三分之一左右,起着一层沫。上面用写到一半的稿子盖着。

"好啦,好啦。不用担心,没什么,不过就是气管破了嘛。"我让野泽挪开一点,把膝盖伸进了被子里。

"嗯,嗯。"他有气无力地点点头,"早上咯了两次,刚才也咯了。"一对大眼睛泪汪汪的,抬头一动不动地看着我的脸。

"别说啦,我回来了不就没事了嘛。寂寞了吗?"我笑着说,握住了他的手。手很热。

他点头表示回应,还是一个劲地盯着我的脸。眼神飘忽不定,仿佛在害怕会不会挨训。

房间里铺着带青色纹样的花席,四叠半①大小,原本是给女佣用的。他盖的被子也跟原来的不一样。边上沾着污垢,棉花已经发硬,质量非常差。武内的被子还没有送到,只有发货单先到了。

二楼住的朝鲜人每次咚咚咚地上下楼梯,房间都摇晃地像是在船里。

"老师,这里的饭很难吃的。"病人跟我说。

"饭我路上吃过了,还是喝点啤酒吧。我不喝酒就是不行。就是因为不喝酒你才会咯血的。赶紧养好病

---

① 四张半榻榻米。边长为一间半(约2.7米)的方形日本式房间,相当于四张半榻榻米的面积。

给我喝。"

病人微微一笑,点了点头。

"M先生一回来,这小子一下子就变精神了。"旁边的太田君用袖口擦拭着镜子,笑着说。

三

趁让旅店帮忙准备酒的工夫,我和太田君上二楼到武内原来的房间商量办法。太田君对出租屋的处置很是气愤,认为现在必须尽快找家医院送他去住院,为此有必要给他老家的父母发个电报叫人过来。不过我并不同意。住院是要住的,不过也不至于要惊动他家里人。我执意坚持自己会一手承担,太田君也没有办法只好同意了。

太田君是早稻田大学文科的学生,和武内是同乡。

年轻的出租屋房东搓着手走了进来。他梳着长头发,穿着黑呢绒的围裙。这个人回话总爱说"嘿,嘿",看起来极老实。好像说是出身于岐阜①的西在。

---

① 岐阜县位于日本中部的东海地方,为八个无海岸线的内陆县份之一。

房东一个劲儿地为换房间的事跟我道歉,还解释说那个房间比这里清静,而且在那的话周围也不会有人吵吵。

"不管怎么说毕竟是传染病嘛。"太田君冷冷挖苦道。

"不,绝没那回事,只不过也有些个客人吧,那个,确实很介意这个。"

"行啦,所以现在我正跟 M 先生商量,最快明天就送他去住院。"

房东再三道歉,搓着手下楼去了。

"老师,老师一不在武内君又觉得寂寞了。"野泽上来找我,还说啤酒也准备好了。

武内昨天去太田君那里玩的时候还没什么事,只是脸色稍微有点不好,说是身子发倦,冷得受不了,穿了太田君的外套回去了。而且,三上君来玩的时候他也还没什么大碍,躺着聊得很精神。

"是肺吗。"太田君面露惧色。

"当然是肺了吧。"

"那您最好不要太接近了啊。您身体好像也没那么结实。"他担心地说。

"没事。"我下楼去了。病房里有人端来了啤酒,还有下酒的水果和天妇罗①荞麦面。我把火盆里的炭火拨得很旺,盘腿坐在了旁边。病人目不转睛地看着我。

"我可要喝了。在镰仓时虽然禁酒了,但看你现在这副脸色,我还偏偏就要喝了。怎么样,这成色?"我把杯子摆到病人眼前,里面琥珀色的啤酒起着白沫。

武内咧嘴笑了。然后喀喀地咳了起来。

太田君换了衣服说要回去,我把钱包翻了个底朝天,让他帮忙买些漂白布、冰袋、冰块、陶瓷痰盂、小苏打什么的。

"怎么样?要不要通知你父亲一声,让他过来啊?"

"哎。"

"或者是让我来照顾你?就这么点病,用不着惊动家里,等病好了我送你回去吧。怎么样?"

"我想让老师照顾。"

"好,那就不叫他们来了。不过你太过老实了,这可不行。得病的时候就该任性一点,千万不能跟我客

---

① 油炸海味食品。主要指把鱼虾等裹上一层用冷水调匀的鸡蛋面粉糊,油炸而成的一种日本菜肴。

气,知道了吗?想要什么尽管说,我乐不得由着你任性呢。"

"哎,哎。"病人边咳嗽边像往常一样深深点头。眼睛里闪着泪光。

"想吃点什么吗?"

"汽水。"

野泽从出租屋叫了汽水给病人喝。喉咙发出了咕嘟咕嘟的声音。

我为了帮病人打起精神,一个劲地拣些轻松活泼的话说着,不知不觉就喝光了四瓶啤酒。彻底醉了。这时太田君回来了,非劝我去睡觉,于是我决定把后面的事交给他们,自己到二楼的房间睡一会儿。

野泽端着水来到昏暗的枕边坐下说:

"老师,钱包里一点钱也没有了,要不我明天早上到××社去说明一下情况借一点儿来吧?"

"我写就是了,再有十二三页就能完稿啦。"

"可是,明天一早就要用钱了啊。"

"我都说了没问题了,烦死了。"

"是嘛。"野泽不安地下楼去了。

我借着酒劲沉沉入睡。我跟他们说好了三点叫我起来，还让野泽在那之前把我已经写完的三十几页原稿誊写清楚。

四

凌晨3点、3点半、4点。野泽来叫了我好几次，但我醉得厉害，睁不开眼。心里虽然挂念着原稿的事，但还是似睡非睡地躺着。

"已经5点半了。我知道您肯定很困，但还是请起床吧。今天您不写完可就麻烦了。"这次换太田君来叫我起床了。

"这就起了。"我这样说着，又在温暖的床铺里贪恋了大概半小时。

起来了。我打开壁橱，从行李里取出武内的棉衣披在了身上。

楼下病室里的油灯明晃晃地照着熏黑的拉门。白铁脸盆、湿手巾、铁壶之类的东西堆放在走廊上。

"怎么样了？"我打开拉门走了进去。原本朝里躺着的病人抬起脸来，看了我一眼。依旧还是面红耳赤的。

房间的角落里，摆上了武内那张拿掉了抽屉的桌子，太田君和野泽在那里誊写着我的原稿。肮脏的四叠半里堆满了荞麦面碗、茶具、垫子，几乎没有地方落脚。枕头边的榻榻米被水沰得湿漉漉的。

"他可精神了，老师来了就是不一样。"太田大声笑着说，故意让病人听见。

我稍微把了把脉，坐在了火盆边上。脉搏跳得依然很快。

"您正困的时候叫您起来，实在对不起。作为补偿，我们把水煮好了，这就给您泡您爱喝的茶。"说着将焙得漆黑的粗茶泡了浓浓的一杯。

芳香的茶水清爽地流过被酒精侵蚀的喉咙。我连喝了三四杯，几乎将水壶给喝空了。这回觉得有点清醒了。

野泽从一大早就照看病人，已经累坏了，我来了之后就让他去睡了。太田担心待在这大概会干扰我工作，跟病人说了声："我马上还会过来。"就回去了。

"老师。"病人招呼我说。

"怎么啦？"我把脸凑到跟前。

"请您给我父亲发个电报，让他不要来，我只要老师在就够了。"

"好的。"我掩饰掉哽咽的声音,故意精神地说:"那你可得再多任性一点啊。"

"我会的,一定会的。"

"好的好的,别说话了,好好躺着。你就是我一个弟弟了。"我这么跟他一说,只见病人年轻俊美的脸上仿佛散发出了光彩。

我回到桌边,把原稿纸在桌上摊开,但脑子里空空如也,迟迟难以动笔。写了两行划掉,写了三行又划掉,怎么都写不下去。

账房那边好像有人起来了。可以听到去厕所的声音。

五

写稿子又不是就这一次。这次写不好,还有下次、下下次。不管怎样先写出来再说,这样下定决心后,我凭感觉随手写了起来。现在是 6 点 20 分。到 8 点之前必须要写出十二三页,马上驱车拿去换成钱。

钢笔唰唰地在原稿纸上划出声响。病人有时会转过身来目不转睛地盯着我的脸。一旦被我发觉,他就不好意思地咧嘴一笑,闭上眼睛。

"老老实实躺好,太田君一会儿就来了。"

"噢。"他点点头。

我数着稿纸写到第五页时,厨房那边女佣好像起来了。能够听到在黑暗里咯吱咯吱磨豆酱的声音。叽、叽、叽,麻雀在窗外叫着。

病人又咳嗽了起来。

我站起来打开了窗子的遮雨板。清晨的白光哗地淌进病室里,使房内的脏乱一览无遗。窗外的小院里生着湿漉漉的青苔,竹子皮、碎纸屑散落一地。

病人满脸是汗地躺着。早上的光线使得他本就肤色白皙的脸显得愈发苍白。只有嘴唇是鲜红的。只咯了一天血,面容就已经颇为憔悴,整张脸看上去衰老了许多。

"难受吗?"

"出汗了。"

"等一下。"我拿着铁壶和毛巾去了盥洗室。我自己用冻手的凉水洗了把脸,把毛巾蘸上铁壶的热水,用力拧干。

我帮他擦了脸。病人像孩子一样老老实实地闭着眼,任由我擦拭。挨着枕头一侧的下巴上凝了血,很难擦下去。

"我给你擦下胸吧。"

病人听话地敞开了前襟。冰袋已经完全化掉,像开水一样冒着热气。此外还有出租屋老板娘给放的用手巾包着的生豆腐,一摸也是热的。

我把手从他腋下伸过去,从胸到背,再到脖子,统统擦了一遍,然后把衣服前襟好好合上。在这过程中病人也不停喀喀地咳嗽着。

"老师,手。"他说着把手伸过来。我把毛巾在脸盆里涮了一下,帮他擦了手。

"怎么样,舒服些了吧?"

"刚才身上都是汗,可难受了。"从他高兴的脸上,热腾腾的水汽升腾到早晨寒冷的空气中。

"老师,给我父亲发电报,就算他来了也没有用,好吗老师?"他抬起大大的眼睛看着我。

"你这小子真够啰唆的。我说了没事不就没事了吗?闭上嘴好好像个病人一样听周围安排吧。"

"是。"

"今天要么去住院,要么找间房子搬过去,反正不会把你撂在这种出租屋里了,你就放宽心吧。"

"老师在镰仓不回来,我真的可寂寞了。"

"蠢货!才三四天不见有什么好寂寞的。比起这个,已经到吃药的时间了吧,我喂你吃。"

我拿茶杯接了水,打开了药粉的袋子。病人在床铺上将身子支起一半,侧着头在唇边敲着药袋纸。白色的药粉从嘴角撒下了一些,落在脏兮兮的被褥上。

我喂他喝水,他就喉咙咕嘟咕嘟作响地喝着。

我坐到桌边又写了起来。写着写着不觉进入了状态,到7点半左右已经写完了十四页。也就是说一个小时写了八页以上。连我自己都觉得很吃惊。

我浓墨重笔地写下了"完"字,拿巴掌拍着原稿大声喊道:"啊,总算写完啦!"

"那是给哪儿的稿子?"他从刚才开始就目不转睛地盯着我看。

"××杂志的。"

"下个月的吗?"

"是啊。"

"好棒啊。"病人也很高兴。

我盘算着领了这稿费,回来的路上都要采买些什么。被子、汤、菠萝、书写纸、毛巾、香皂、痰盂、平野水枕……我一边想一边把这些一条条写在纸片上。

"送牛奶的来了。您想要几盒啊?"出租屋的女佣从拉门外朝我问道。

"早上三盒,晚上两盒。"我回答说。